ちくま文庫

箸もてば

石田千

筑摩書房

もくじ

I

Ⅲ

箸もてば

I

もうそ、

庖丁をたてにいれ、そっと大鍋に沈める。

あとは、よろしくお願いします。おまじないのように無言で念じて、まっかな鷹の爪を浮かべる。

……いり糠《ぬか》がなくったって、お米のとぎ汁でゆがけば、あくは抜けるの。頼りにしているやおやさんの奥さんに習ってから、筍は一本まるまま買うようになった。大好物なので、ひとり暮らしでも、もてあますことはない。

ほのぼの鍋はあたたまり、ぷすんぷくん、泡だつ。まぶしい朝の台所に、あおく甘い、春の匂いがふくらんでくると、すこしひと恋しくなる。

晩には間にあう、だれか呼ぼうか。時計を見たりする。

こらえどころは、完全に冷めるまで待つ。寝ぼすけをたたき起こすようにせかしてはいけない。気がせいて、ぬるくなったからと洗い流したら、えぐみが残って大失敗の、がっかり。これをじつは、二度ほどした。

春の芽吹きものは、下ごしらえの手間がいる。ほろにがく、うすあおく。しずかな香りに耳をかたむければ、光の足おとがきこえる。山菜にしても、筍にしても三寒四温とともに育ったあかしと思う。竹かんむりに、旬。若草の山には、春の王子さまたちが、すっくと立っている。

昼寝をしたり、洗濯ものをたたみながらも、背には大鍋の肌を感じている。てっぺんから裾野まで、食べる算段もすっかりしてある。ようやくしっかり冷めると、引きあげ、着せかえのお人形のように、むかいあう。

切れめをまんなかに、獣のようにつややかな皮を、がばりと開く。

ようこそ、こんにちは。厚いコートを脱いだ三角帽子のはだかんぼうに、目を細めた。

まずは、奥さん直伝、いちばん太いところをせん切りにして焼きめし。香ばしく炒めて、山椒をふり、しょうゆをたらす。皿に盛ったところに、ひとかけ、バターをのせる。たらーりと溶けたところを、さじでからめて食べる。

太いところも、やわらかい。さすが、奥さん見たての孟宗だった。偶然なのは、東北で掘れたものだった。むかしから殿さまの奥座敷といわれる、いい湯の湧くところで、五月の連休に両親と出かけたこともあった。

筍づくし。どんな料理かしら。なにごとも、勉強、勉強だな。

ふだんはけんかばかりでも、おいしいものをめざすときは力をあわせる。母は宿の手配を、父はふだんはいやがる車での遠出を引き受けてくれた。

むかしながらの道路地図、頑固な父も母にいわれて、オートマチック車に買いかえていた。道をまちがえるたびに、けんかしながら、二時間ほどでついた町なみは、おっとりひなびて飾り気がない。

白玉の肌の女将さんにむかえられ、ちいさなまるい湯船であたたまると、いまふうの大の字大浴場にはないお湯の語りがしみてくる。お城で緊張つづきのお殿さまも、さぞかしほっとされたと、ありがたい。

そうして、おまちかねの筍づくしは、まさに殿さま。テーブルのうえにのりきらなくて、お膳もつなげてならんだのだった。お刺身、木の芽あえ、てんぷら、サラダ、田楽、グラタン、魚の煮つけ。ご飯とお椀を、女将さんがついでくださった。

これは、まあ。うちのほうとは、違いますねえ。

お椀をのぞいて、母がいった。

日本海の五月はまだ肌寒い日もあって、筍が出れば、まず孟宗汁となる。土地のひとは、もうそ、と呼び、ひらがなで書く。もうそ、と声にしたあとに、やさしい息がのこる。そのときみじかく、ぽっと春がともる。

母のもうそ汁は、もうそだけの味噌汁に、酒粕をゆるくとく。本場は、粕がたっぷり入って、もうそのほかに、厚あげとしいたけが入り、木の芽が浮かんで、具だくさんの煮こみのように見える。

このへんでは、お肉やわかめをいれる方も、いらっしゃいますねえ。山ひとつ越えると、食べかたも変わるものなんですねえ。女将さんは、うしろの山にふりむきふくふくとほほえむ。

はやくしないと、竹になる。これは母のくちぐせで、まずはどんどん水煮にする。そうしてやっぱり、まんずもうそ汁だの、となる。

……とれたてだから、あく抜きをしなくっていいでしょう。この香りがいいから、やっぱりほかのものは入れたくなくて。

あの温泉のも、おいしかったんだけどね。

母は、あの旅いらい、毎年いう。ことしも、いったな。そう思って、だまっている。

女将さんに気がねをしたように、いいわけをする。

父が車に乗らなくなってから、五年もすぎた。あの湯治からも、ずいぶんたっている。

おべんとさげて

弁当もちで勤めていたので、昼の外食にいまも慣れない。お昼でも食べながら、打ちあわせをしましょう。すてきな誘いはありがたいことなのに、おそれながらとお茶の時間にかえていただく。十五年ほど、ひとりで電話番の仕事をしていた。お昼どきの小一時間、慣れたものを黙って食べる。それが気楽と覚えてしまった。

弁当箱の半分は、朝食に炊いたご飯の残りをつめる。あとは、卵焼き、おひたし、ミニトマト。そこにきんぴらごぼうかひじきの煮たのがあればじゅうぶんだった。

夜は、ふらふら出歩いているから、おかずは作り置きしない。牛乳をわかす小鍋で、なんでも一回ぶん。ままごとのように、ゆでて、炒めて、つめる。

ご飯は、梅ぼし日の丸。もしくは黒ごま。そして、ときおり手間をかけて、ちりめん山椒。弁当というのは、じぶんで作っても、ふたをあけるたびうれしい。ちりめん山椒をのせてふたをする日は、いっそう機嫌よく出かけられた。

いつごろからか、京都のおみやげにいただくことが増えた。また食べたいなあと思っても、京都は遠く、ねだるわけにもいかない。ならば、作ったらいい。ちりめんじゃこは、ミニトマトや卵のように、気軽に買って冷凍していた。

大鍋でたくさん作る老舗の逸品には、遠くおよばない。山椒というより、さんしょと呼びたいふぞろいなふりかけになる。それでも弁当箱ひとつの身のほどには、じゅうぶんのぜいたくだった。

ラジオでお昼のニュースをきくと、昼休み。ほっぺたをゆるめ、包みをほどき、ふたをあける。NHKのひるのいこいをききながら、のどかに箸をもつ。

ちいさなおじゃこの眼は、銀いろ。まじまじ見て口に運ぶと、鯨になった気がした。

いまも、やおやさんの奥さんに、出たら教えてくださいとたのんでいる。さんしょの日は、そのまま休みの日となる。

指さきをくろくして、ひと粒ずつはずしていく。待ちきれず、ひと粒かじるとしぶくてからい。ざるにひろげて、熱湯をまわしかけ、かわいたらガラスのびんに入れて、泡盛をひたひたにそそぐ。これで一年保存できると教えてくれたのは、沖縄の公設市場のおばさんだった。

勤めをやめて、弁当も作らなくなったのに、毎年作り、毎年食べつくしているところをみると、ずいぶんの好物らしい。

大さじふたつのちりめんの、半分ほどの山椒というのは、京都のかたにはきっと野暮といわれる。

甘みは入れず、びりびりの、ひいひい。これは自己流ならではのたのしみで、柿の種とピーナッツのように、自由に決めていい。

さっきまで、山椒はおとなになってから好きになったと思っていた。ここで、老眼をほそくしてふりかえると、小学生のころ、うなぎにもっと山椒ふってと頼んでいた。

実家の勝手口には、ひょろりとした山椒の木がある。山のふもとに住んでいる大おじさんが植えてくれたのが、根づいた。保存するほどの実はとれない。そのかわり、たくさん葉をつけてくれる。

母は、十年ほどまえから、にしんの山椒漬けを作るようになった。同級生と福島に旅行をしておいしい酢漬けを食べてから、毎年ああでもない、こうしたらと工夫している。そして毎年、ことしはいいみたいと送ってくれる。

にしん、うなぎ。山椒は油の強いものにあう。そう気づいて、ステーキを奮発したとき、こしょうのかわりに実山椒をころがしてみた。すると、世界ステーキコンクールに出品したいような相性となった。小粒でぴりりも、大勢となればなかなか手ごわい。大和撫子の底力かもしれない。

あたたかい日は、弁当をぶらさげ、近くの公園にいく。お弁当をさげてどこいくの。きいてくれるのは、散歩に出かけるミケさんだけ。

きゅうに思いたって、ありあわせをつめて出るから、公園についたときは、昼休みも終わりかけ。ベンチでながなが寝そべっていたおじさんも、むくり起きあがり、いそぎ足でいなくなる。

いれちがいに、特等席にすわる。このベンチのわきには、すきな桂の木があるのだった。

ハートのかたちのやわらかな葉をみあげ、弁当をひろげる。さんしょの実が、ふたのうしろにくっついていた。つまんで口にいれる。さみどりの香が、きょうもうれしい。

芝生の広場にいっしょにいるのは、カラスとすずめ、椋とありんこ。もくもく食べる。歩いて十分の公園なのに、ずいぶん遠くまで歩いたと思う。

空豆紀行

水無月は、更衣のころ。

しろいシャツの出番が増えるにつれ、そうめんやとうふに氷を浮かべたり、ところてんをおやつにしたり、食卓も涼しげになっていく。そうして夕方になると、下駄をつっかけ、生ビール。からころ出かけてしまう。

となりの駅まえに、若い板前さんがひとりでしているところがあって、十日にいちどはお世話になる。

おとなしい、おっとりしたひとで、ちいさい財布、ちいさい胃袋の客にも親切にしてくれる。お刺身、焼きもの、酢のもの、天ぷら、種類はすくないものの、旬の魚はとびきり、ひとりで食べられる量にかげんしてくれるのもありがたい。

そしてなにより、好きなおさけが置いてある。

きょうの白身はなにがある、どこの。食通のおなじみさんが、たずねる。そのとなりで、おなじように聞いてみた。

きょうは、どこの空豆ですか。

夏めいたら、枝豆。たいていの店は、さきへと季節を駆ける。ところが、このお店は、夏のさなかになっても、すました顔で空豆を出している。お魚は季節なりに出しているのに、どうしてかしら。去年の夏、こっそりきいてみた。

まだまだ、枝豆よりもおいしいですから。これならいいなという枝豆は、八月からでないと。

色白の板前さんは、しかられたようにうつむいた。こだわってのことと知って、それでもと首をかしげる。空豆はとうに盛りをすぎている。いまごろなら、爪にお歯黒がついてかたくなるのに、ここのは春のままの色かたち。

……空豆って、ずうっと旅していくんですよね。

大根を長ながかつらむきにしながら、ぽつんぽつんと教えてくれた。

出発は、春は弥生の鹿児島。そこから、長崎、熊本。そして四国の愛媛に渡り、本州は関東までのぼってくる。千葉、茨城、すこしおくれて群馬にくるころは、すっかり夏になっている。そして新潟、東北は福島と宮城、秋田、青森と北上し、終点の北海道の空豆は、八月いっぱいまで、東京の市場に出まわっているという。

ほんとうに、列島縦断だなあ。九州のひとと、北海道のひとでは、旬の感覚も違いますねえ。日本地図をたどりながら、秋田から届けられた真夏の空豆を食べたのだった。


そうしてまた、夏が来る。きょうも、ちいさめのジョッキで一杯。

なんであんなに飲めたものだったんだろう。いつかどこかのビアガーデンを、ふと思う。ひゅっとのみほし、冷酒は、一升瓶からついでもらう。枡のなかにコップを入れて、そこにとっぷり。なみなみあふれさせてもらうたび、思わず手をあわせている。

じつは、空豆はおとなになって、はじめて食べた。父が断然の枝豆派のせいと思う。自炊をはじめたときは、ゆで方も知らなかった。

天を見あげてしゃんと育ったさやを割ると、お蚕さんのような綿にくるまってならんでいる。爪をはずし、下のほうにちいさく刃をいれるときは、寝た子をつつくようでかわいそうになる。

二分塩ゆで、火をとめ二分そのままにしておく。そうするとしわが寄らないと教えてくれたのは、葛飾金町のやおやさんのお兄さんだった。あおげば尊いその教えを守って、もう二十余年になっていた。

買った翌日には食べきりたいから、すり鉢でつぶしてスパゲティとあえたり、スープにしたりする。硬めにゆでて、炒めものにいれたりもする。

冷やさないほうが好みなものの、残るようならポテトサラダや白あえにまぜて彩りにする。このごろは、さやのまま網で焼くこともある。焼いたほうが、おさけを呼ぶ。空豆らしいあおさが、くんとたつ。

椅子はいつつだけのカウンターで、ちいさなテレビを見あげる。秋までは音を消した野球中継、板前さんは横浜ファン。ヤクルトとの試合は、なぜだかめったにテレビ中継をしないので、どちらかが不機嫌ということもない。

きょうは一点差で、ヤクルトが中日に勝っている。おとなりさんが、あなごの天ぷらを頼む。油のはぜる音をききながら、はらはら見あげている。

……これどうぞ、おとなりの方のお福わけです。愛媛はきょうが最後で、来週からは関東のものを買います。

豆皿にほくほくと、天ぷらになってならんでいた。ことしも順調に北上中のもよう。

四国から、はるばるね。なんだか、寅さんみたいだわねえ。

ころんころんと、いつつ。

ほそい竹の箸でつまむ。来週からは、満を持しての関東勢。

がんばれ、ヤクルト。

すっぱい生活

しゃがんで扉をあける。

しょうゆ、油、みりんは一本ずつで、ひとりものは、いつでもなんでもいちばんちいさい瓶を選んでいる。

けれど、お酢は三種類もある。三本とも大瓶なのに、しょうゆや油の倍のはやさでなくなる。夏場になるとさらに加速して、大さじ小さじも使わず、じゃぼじゅぼかける。日々の味覚は、お酢さまさまでいる。

米酢は毎日使う。ぬたや酢のもの、簡単なちらし、きんぴらのしあげにかけるときもある。

きのうの昼は、にんじん、れんこん、ごぼうをさっと湯がいて、こんぶと鷹の爪といっしょに甘酢につけて出かけた。

ほかほかの枝豆と、つめたい甘酢漬け。それで、ビールをぽーんとあけるんだよ。仕事の相談ごとの終わりかけにそう思うと、尻がもじもじした。気がせくあまりに、買って帰ろうと思っていたとうふやさんに寄るのを忘れ、冷やっこが食べられなかった。

洋食担当のりんご酢は、競馬があたるとワイン酢にかえたり、輸入品をぜいたくしたりする。サラダのドレッシング、キャベツとソーセージの煮込みやじゃがいも炒めにかけて、マスタードをいれてレモンもしぼる。これは、ビール好きの両親の好物で、帰省をすると作ってといわれる。

盛りのトマトでスパゲティを作るときも、ふりかける。酸味の層が増して、あと味がしっくりまとまる。イタリアの旅みやげに、バルサミコビネガーをもらって、あれもおいしかった。教わったとおり肉や魚のソテーのしあげにくわえたら、ひと晩煮詰めたソースのようになった。

黒酢とは、中国を旅していらい、はなれられない仲となった。色も香りもこっくりして、バルサミコビネガーとならべて、すっぱいカラメルと呼びたい。しょうゆを使わずに、黒酢ひとつで味がまとまっているのも、減塩を推奨された後期四十路にとってはたいへんありがたい。

ことに豚肉との相性が好きで、ぎょうざや肉まんじゅうにつけたり、細く切った肉に粉をまぶして、焼いたところにからめる。ピーマンやなすが入れば色つやよく、夏場のごはんもおかわりができる。角煮もいい。

夏場は、あき瓶に、ねり辛子とラー油といっしょにまぜておく。ドレッシングのように、冷やし中華にかける。

勤めていたころは、毎年六月一日を、冷やし中華の解禁日としていた。週にいちど弁当を休んで、近くの店みせを食べ歩いていた。

勤めをやめてからは、家で作るようになった。ちかくに焼き豚のおいしいおそうざいの店があるから、冷やし中華繁忙期にはいると、週にいちどではものたりなくなった。日を置かずに、おなじものを食べて、まったく飽きない。やっぱり、お酢のおかげと思う。

湯をわかしながら、きゅうりをせん切り。トマトはくし切り。うす焼き玉子は、細く細くと念じてきざむ。焼豚は、すこし太いほうがうれしい。

湯がわいて、麺を入れると手足のねじを巻く。紅しょうがと青のり、すりごまをそろえる。冷蔵庫から氷を出す。箸と匙と水、たれを机にならべておく。

家で作りはじめたさいしょは、ついあれこれとのせたくなった。しそやオクラ、納豆もからだにいい。そうして、なんでものせてみて、やっぱりこれがいちばんとなった。これからはこれでよしと決めたときは、浮気ものの色男が、もとのさやにおさまったように肩がのんびりした。

そうして、いざ、ゆであがる。

首尾よくそばをざるにあげ、水にくぐらす。ほどよくかためで、ほっとする。流水でざぶざぶ洗って氷水でしめれば、鼻歌も出る。せ、ま、い、な、が、ら、も、たのしいわがやー。

東京のちいさな窓から、本日のすばらしきブルーヘブンを見る。

浅い鉢に、冷えたそばの小山をしたてる。こんどは息をつめ、きゅうり、焼豚、玉子で斜面をきっちり三分割にする。頂上に紅しょうがをのせ、ごまと青のりを散らす。さいごのトマトまで、気をぬかない。

机に運ぶ。黒酢たれの瓶を、しゃかしゃか振りながら腰かける。

いただきます。

手をあわせ、じゃぶじゃぶかける。みぎに箸、左には柄の長い匙を持つ。

そうして、二分まえまでいけ花のごとく真剣に飾ったみごとな夏山を、両手で崩していく。さっきの渾身は、この痛快のため。きれいにこしらえて、おじゃんにできるから人間なのだ。上機嫌で、がっさがっさとまぜる。

作るの二十分、食べるの五分。夏の昼は、あっけない。

口腹満ちて、最初からあえたら、つまらないと思うのは、どうしてかなあ。黒酢の残った鉢を見る。

ひとと獣のあいだのようなこの野蛮、どのあたりからくるのやら。

ぽんと頭をたたいてみる。

とおくの白昼

ホームに降りたつと、せみの声しかきこえない。夏草のにおい、おおきな欅の木かげが見える。

そこから二十分ほど、線路からそれないように歩いた。白昼の道を、かげろうがつつむ。おおきな橋を渡るとき、地図をたしかめた。山があおかった。

線路からひとつ路地に入り、いちどおじいさんにたずねて、あとはだれともすれ違わなかった。表札をたしかめ、呼び鈴を押す。階段を駆けおりてくる足音がした。

……おかえり、あらぁ、なんだかきれいになったじゃないの。

はたちの夏休みは、はじめて男の子とデートをした。髪をのばして、ピンクの口紅を買った。

その年の春に、銀行勤めの父は、東京から生まれ育った地元の支店に異動となっていた。就職したての兄とふたりで東京に残り、両親と猫たちは東北の港町へ、はじめて来たこの社宅は、家が建つまでの仮住まいだった。

地図を見て、はじめての家に帰省して、すなおにただいまといえなかった。

ひさしぶりに会う母は、かわらず糸くずをくっつけている。東京で、ずっと仕立ての仕事をしていて、地元に帰ってもデパートから注文をいただいていた。

二十年近くマンションに住んでいたから、二階のある家は掃除が大変、でも猫たちはうれしそうよといった。

階段をのぼって、仕事部屋をのぞく。あいかわらずの、みごとなちらかしぶり。重たいアイロンと、工業用ミシン、ふしぎな構造のロックミシン。そして残布の段ボールのなかでぐっすり眠る二匹に、ただいま。ようやくいえた。

東北といっても、この町は、地形のせいで東京より暑い日も多い。それでも、東京みたいにじめじめしないからいいわ。洗濯ものを庭に干せて、ほんとうに気もちがいいの。母は、ひんぱんに会えるようになった同級生や親せきの近況をひとしきりいいおえ、お昼はまだでしょう。そうめん、ゆでようと立った。

広い台所だった。大鍋の湯がわくあいだ、しょうがをおろし、庭にはえてくるという茗荷をきざむ。

兄とふたりになって、毎日庖丁を握らなければならなくなった。ごはんとみそ汁、干物とおひたし。それだけで、へとへとになった。ちゃんと作ってるのときかれ、くちごもり、湯がわく。

さすがに、そうめんくらいは、だいじょうぶよね。

母は、いただきものの箱から、ひとり二把ずつかなとつかみ、数がわるいともう一把たす。

そうめんは、小豆島の名物とはじめて知った。母はあかい紙の帯をほどき、ひとまとめにすると、両手でしぼるようにして、鍋に放った。湯気のなか、大輪の白菊がひろがり、沈んでゆく。

ふいてきたら、びっくり水。きっちり二分でざるにあげる。

……はい、どんどん洗って、さます。

蛇口いっぱいに流しつづけ、洗ってはさらして、くりかえす。水が澄んできたところに氷をいれ、しめる。袋に書いてあるとおりの作り方だった。

おおきな流し、おおきな鍋、豪快な水しぶき。兄とふたりの東京のアパート。ちいさな流しの、おっかなびっくりを思い出す。

四時間半の電車のなかでは、男の子に長い手紙を書いていた。毎日書くねと約束してきて、駅前のポストにいれてきた。せっかくの夏休みに、ひと月も会えないなんてさびしいと書いてみた。

やっぱり、ゆですぎたかしら。きっちり水をきり、ひとすくいぶんずつ、うずのようにして、竹のざるにのせていく。いつのまにか猫たちも起きてきて、ごはんちょうだいと足もとにじゃれつく。

母は冷蔵庫から、つゆを持ってくる。

……おじさんにもらった飛魚の煮干だから、おいしいよ。

おつゆを作るなんて、考えたこともなかった。いるあいだに、覚えていきなさい。

むかいあい、いただきます。そうめんと、ありあわせの漬けもの。はじめての居間で、それぞれの音をたて、すする。東京と東北、安堵とさびしさが綱引きをする。

友だちのいないその町で、プールで泳ぐほかはなんにもしないで、ひと月すごした。なんにもしなかったのに、手紙の約束は、毎日が三日にいちど、週にいちどとなり、はなしも尽きてだまってしまうと、どうしてあんなに会いたいと思っていたのかも忘れてしまった。

東京に帰るまえの日、母は銀の指輪を買ってくれた。女の子なんだから、きれいにしていなさいよ。ジーンズの穴もミシンでふさいでくれた。

そうして、翌朝一番の電車に乗った。社宅の近くにさしかかる。このへんかな。首をのばした踏切に、つっかけをはいた母が立っていた。

ちいさく手をふられ、ふりかえす。

三人姉妹

貧乏旅の朝ごはん、公園でおむすびを食べている。

すこしはなれたベンチに、きれいな白髪のおばあさんが来た。おおきなビニール袋をさげている。

ごちそうさまでした。

なんかくれるかとそばにいたすずめに、なんにもやらずに立ちあがる。芝生に寝ころがって、しょぼしょぼあがる噴水をながめる。

しばらくすると、ひとり、もうひとり。五分のち、ビニール袋をさげたかわいらしいおばあさんは、三人になった。そして、三人そろって足もとに新聞紙をひろげ、せーの、そうれ。袋をぜんぶ、ひっくりかえした。ころんころん、なすの山ができた。

おばあさんたちは、すぐになすをかこんでしゃがんだ。

起きあがり、ちかづく。

おはようございます、おはようさん。

朝市がはじまると思ったら、ちがうわよう。首を振られた。

おばあさんたちは三人姉妹で、二歳ずつ違う。近くに住んでいて、ひ孫さんも、たくさんいる。いまは家のことはお嫁さんにまかせて、それぞれ畑で好きなものを作っているといった。

……ほうたらね、トマトでも、なすでも、三人でべっこの植えといてぇ、わけっこすんの。おんなじの、たーくさんなっても、だれも食べんがよ。

春になると、三人そろって苗を買いに行く。野菜も花も、おなじものを作らないように相談する。ああだこうだいうて、三日にいっぺんは、会うてるねえ。うなずきあう。

これは、田楽。こっちは漬けもん。三人三様のなすを見せていただいた。

旅さきで、野菜を見るのはおもしろい。ことに、なすは味に大差があるわけではないのに、なりの大小、水気や皮の張りで使いみちがちがう。その土地ごとに、いろんなかたちがあって、いろんな食べかたをしている。

仲よしで、うらやましい。そういうと、だーれが一番年寄りだ、あててみ。にっこり難問を出され、しばらく悩むと、自己申告してくださる。目もと鼻すじは、あんまり似ていない。それでも、額のはえぎわ、眉、髪のくせ。照らしあわせると、やっぱり姉妹だった。

東京から来たというと、そんな遠いとっからなにしに来たと笑われる。たしかにここは、お城もお寺もない。うえのおばあさんは、スカイツリーに行ってみたいといった。末のおばあさんは、六本木ゆうとこで芸能人に会ったかときく。まんなかのおばあさんは、ふたりの話をにこにこ聞いている。

帰りがけに、三人でわけるはずのなすを、四等分にしてくださった。

……おみやげ。うちは明日も、ようけなるから。

こっちは田楽、こっちは漬けもん。しっかり教わり、どっさりいただいた。

貫禄あるお姉さん、かわいらしい末っ子さん。まんなかは、聞き上手。三姉妹は、そういう役割がしぜんになじむのかもしれない。頭をよせあい、ひそひそ話す肩や背なかが、なつかしい。

亡くなったうちのおばあさんも三姉妹のまんなかで、うえと末のおばあさんは、よく遊びにきてくれていた。

おじいさんが戦死して、ひとりで母を育てることになり、姉妹はいつも気にかけ助けてくれたという。その習いが、ずっと続いていた。

朝ごはんをすませると、それぞれの家族の車で送られてくる。おしゃべりをしたり、テレビを見たりして、お昼を食べる。それからごろんと横になる。

うちのおばあさんは、和裁をしたので、簡単な繕いものをしていることもあった。それがすむと、またおしゃべりをして、三時のおやつを食べる。おしゃべりも尽きたころ、またそれぞれの家から迎えに来る。もうすこし若いころは、三人で湯治にも出かけていた。

農家に嫁いだうえのおばあさんは、山のふもとに住んでいて、やはり畑をしていた。山のもの、畑のものを、いつもどっさり持ってきてくれた。台所に新聞紙をひろげ、持って来た野菜を三人でかこむ。春なら山菜、夏なら枝豆。正月まえには、機械で餅もついていた。秋は、やっぱりなすだった。

塩漬け、麹漬け、味噌漬け、からし漬け。冬の長い東北は、漬物用のなすだけでも、大小長短たくさんの種類がある。

なすの山をよりわけながら、みょうばんは、ちょぴっとでないと、いがらっぽくなるからの。お姉さんがいう。そんでも、入れねば、色わるくての。末の妹は、すぐに答える。

……んだのう。

うちのおばあさんは、いつもさいごに機嫌よくあいづちをうった。

ちんまりまるまり、なすをかこみ、小声で話す。しわしわの手が動くたびぴかぴかのなすは、あちこちむいて、またころんと集まった。

里の秋

ひとりものは、野菜とのつきあいに工夫がいる。だまって作って、いただきます。だまって食べて、ごちそうさまでした。それが毎日つづくうち、常備のお菜は、気の重いものとなった。ああ、まだ冷蔵庫にきんぴらがあったなあというのは、考えるまえに答えをきいたなぞなぞのようで、味気ない。弁当もちのころは、毎日おなじものを食べて飽きなかったのに。不思議に思う。

けれども、野菜はおいしく食べきりたい。山梨にいる友だち、飛騨の朝市で出会った農家の方、東北の親せきが、だいじに作ってくれたものを送ってくれている。がっかりさせるわけにはいかない。

そういうわけで、一日いちど、具だくさん。これが健康標語となった。朝なら、ミネストローネスープか、温野菜サラダ。昼はめん類。山盛りに刻んだ野菜に、パスタやそばうどんをからめる。

きょうはせん切り、あすはサイコロ。たくさんの種類を、すべておなじ大きさに、無心で庖丁を使っていると、午前午後のよい切りかえにもなる。

秋いちばんのごちそうは、新米。

炊きたてのしろめしに梅ぼしがあれば、なんにもいらない。

胸に手をあて考えると、ごはんを食べたい欲求は、なにごとより、どんな食べものより、切実で強い。ひとくち食べると、背骨のつけねにいのちの源のようなぬくもりが生まれ、からだのなかを明るくめぐる気がする。

晩は外食が多く、洋食にすると、お米を食べずじまいの日もある。おなじ炭水化物なのに、パンや麺類がつづくと、からだが枯れてしまうような渇きがあって、あわてて米をといでいる。

日本人だからだろうか、東北産のからだのせいか。首をかしげつつ、晩酌のさいごに、かるく一膳。このためにきょうも生き、このおかげで明日も生きられる。

夜に具だくさんをするときは、鍋か汁もの、これはむしろ、明日のお楽しみのことを考えて作っているところがある。

秋が深まると、汁の実には土の香のするものが増える。なかでも里芋は、すがたにも優しいとろみにも、更けゆく秋をまとっている。煮炊きの鍋、汁椀のなかをゆるやかにとりもち、あたためてくれる。


料理を覚えるなら、口伝にかぎる。

大さじ小さじできっちりという難しいものは作らないので、ごちそうはぼんやり食べている。そのかわり、わきに添えられた小鉢がおいしいとなれば、だれかれ忘れて凝視する。そんなに見たら器が割れる。それほど熱中するので、あとでとても恥ずかしい。その熱が、二十年前の合コンでほしかった。

お世話になっている先輩のご実家を訪ねたときは、大宴会のさなかだった。

いくつも座卓をつなげて、お寿司やお肉やお造りや、ごちそうがひしめいているなか、大鉢にどんと卯の花があった。ごちそう慣れしていない腹には、なんともありがたい。小鉢によそって、ひとくち。つぎの瞬間、よそさまのお勝手に駆けこみ、エプロンをつけた先輩のお母さまにしがみついていた。

鶏肉、ごぼう、にんじん、しいたけ。みかけはいつもとおなじの卯の花なのに、いつもみたいにぱさぱさぼろぼろしていない。

こういうふうにしっとりするのは、油を多くするのでしょうか、おからは特別な下ごしらえがありますか。つめ寄ると、そんなそんな。からから笑われた。

……きょうは里芋があったから、ゆでてすり鉢であたって入れました。

里芋のことは、里のかたがいちばんよくご存じだった。里芋の皮むきは、ざっと洗って十分ゆでたらつるんとむける。長年の面倒も解消していただいた。

なじみのやおやさんに教わったのは、いものこ汁。奥さんのお里の秋田山内地方のおいしい汁もので、奥さんは里芋というと山形の芋煮とすぐいわれちゃう、こっちもちっとも負けないのにとくやしがる。

里芋、まいたけ、しらたき、鶏肉をやわらかく煮て、酒と味噌でととのえ、芹をたっぷりのせる。

きりたんぽを思わせるだしに、味噌がとてもあう。秋田は、きのこも鶏もおいしいから、地産地消、郷土料理のお手本ともいえる。教わってから、あたらしい里芋、できれば小芋を見つけたら、すかさず作るようになった。

満腹ほろ酔いの夜長。

どれ、アイロンでもかけようか。

窓からは、虫の声。

土鍋の刻

土鍋に水をはる。昆布を一枚、笹舟のようにそっと浮かべる。出がけにそれだけしておくと、きょう一日を見とおせる。ちょっと一杯、寄っていこうよ。帰り道で誘われても、流しの舟がまぶたに浮かぶ。残念ですが、先約が。すんなり声にできる。

だれもいない部屋に、ゆらり広がっているはずの昆布一枚。律義でしまりやのおかみさんのように、待っている。その無言がきこえて、家路に迷うわけにはいかなくなる。

とうふ一丁、肉や魚は切り身を一枚。

寒くなると、買いものが簡単でいい。ふつかに一度は、鍋をつつく。土鍋は、乾くひまなく出番になる。作るのも食べるのも簡単、ありあわせの野菜をいれれば栄養に悩まずにもよく、正一合の晩酌にほどよい。外ならもっと飲めるのに、家ではすぐに眠たくなる。

鍋には、味をつける日もあるし、だし醬油にかんきつ類をしぼり、ちり鍋にするときもある。毎日でも飽きない。

ひとりものは、ポン酢やめんつゆを買っても、期限までに、ひと瓶使いきれない。それで、鍋のときには昆布だしを多めに作る。

沸騰寸前、昆布の香りがたってきたら、二合ほど小鍋にうつし、かつお節としょうゆ、みりんをたして煮たてる。小瓶にこして、冷蔵庫に入れておいて、煮ものに使ったり、めんつゆ、ポン酢の代用にする。

瓶はふたつあって、その晩使うのは、まえの鍋でとっておいたものを使う。ひとつ使い、ひとつあける。そのくり返しがいつのまにかリズムとなった。

だしをとった昆布は、ふたたび干して、浅漬けをするときに入れる。かつお節は炒って納豆にまぜて辛子をすこし。海苔で巻いて、酒の肴にする。そのとき食べやすいように、細かい削り節を買うようになった。

料理をすると、食べものと、ごみの境が気がかりになる。あるもので、なんとかなるなら、それがいい。道具も材料も、持ちすぎるとこんがらがる。

さいわい、おいしい店がいくらでもある町に住んでいる。ごちそうは、町に出て、だれかと楽しく食べればいい。星のすくない東京のまんなか、ざるにのせた昆布を干す。高いビル、こうこうとした窓の光を見あげて、へんなことしているなあとおかしい。

昆布だしはそのつどとるものの、スープストックまではなかなか手がまわらない。たまに残り野菜や鶏と牛のスープを作って、凍らせておく。

鍋の都合で、いちどに一リットルきり、これを二回分にわける。いずれもいいかげんなスープで、鶏は水炊き用のぶつ切り肉、牛はすじ肉。値段が手ごろで、あとで食べておいしい肉を選び、どうやって食べようかと楽しみに煮る。野菜は、ありあわせのその日次第。毎回、一期一会の味になるのでおもしろい。

いずれも、和洋中と、さきの用途は気まぐれなので、うす塩にして凍らせる。

常備のおかずを作らないかわりに、冷凍スープはかならずある。まめというより、野菜を食べきるための策で、スープじたいは小一時間アイロンをかけているあいだ、足裏のつぼをあちこち押しているあいだにできあがる。

凍ったままを火にかけ、溶けていくあいだに野菜をきざみ、どんどん鍋にたしていく。手間をかける気があれば、いちど炒めてからにする。鶏のスープに、あめ色の玉ねぎ、ここにフランスパンの切れはしがあれば、即席オニオングラタンスープになる。本格ビストロとは遠い遠い親戚という味でも、あつあつならばいいやと思っている。

二十年のつきあいの土鍋は、直径二十二センチ。手持ちでいちばん大きい。おたまでぐるぐるまぜていると、給食当番の緊張を思い出すことがある。

お盆やお皿をわたしたり、パンやくだものを配る係は楽だった。にがては汁ものの当番で、全員にいきわたるか、こぼさないでわたせるか、いつも心配だった。人気の豚汁やクリームシチュウがあたると、緊張は増した。男の子たちが、多い少ないと騒ぐ、おかわりをするたび、席を立って追いかけて、つがないといけない。中学三年のときは家庭科の先生が受けもちで、おつゆ係をかならず女の子にさせた。お母さんになったとき、役にたつからです。文句をいっても、その説を通された。

お母さんにならなくて、役にたつ機会もすくないなあ。あの方針、いまならきっと、親御さんから文句をいわれるんじゃないかなあ。

ぐるぐるかきまぜ、味見をする。そして、クリームシチュウを、人生いちども作ったことがない。はたと気づいた。

給食こわい、いまだに克服できていないのかもしれない。

大根亭日乗

しかくい鍋に、おでんが煮えている。

手前はたまご、むこうはちくわ。かどっこから、きちきち。花壇のように居場所が決まっている。お店のおじさんは、頼まれると同時に、はいほいときげんよく盛りつけてくれる。

お客さんの第一声のほとんどは、大根。

これは、このあいだ大阪に出かけて、おでんが関東煮《かんとだき》と呼ばれてもおんなじだった。大根と、ええとそれから。迷うのは、ふたつめから。大根は、おでんの枕ことば。考えるまえに、声になる。

いつものやおやさんから、つややかな一本を、わさわさかついで帰ってきた。

葉っぱも食べるでしょ。渡されると、花束をかかえたようで、肩にかつげば金太郎のように晴れがましい。

湯のわくあいだ、葉を落とし、すべすべの大根を洗う。皮むきで、一本するりとむいちゃって、すぐに三分の一にする。

辛いしっぽを、あえておろすようになったのは、酒飲みになってからだった。うるめいわしに添えようか、納豆もいい。迷ううちは、食べどきではない。ラップでくるんでしまっておく。

湯がいた葉っぱは細かく刻み、ごま油でじゃこと炒めた。とんがらしをきかせて、醬油をたらり。これに炊きたてのしろめしがあれば、恋人も百万円もいらない。そうして、むいた皮をせん切りにしながら、明日はきっと、これをきんぴらにするな、おんなじように作って、おんなじようにもうなんにもいらないって思うんだろうなと、おかしくなる。

あおみをおびている首のほうは、なますやサラダにする。三分の一なんて、すぐに食べてしまう。

つめたくして、薄氷のようにはりはり食べると、地中に湧く水を飲みほしているような滋養がこもる。指さきまでしゃんと伝わると、それまでのからだは、北風にひからびた木のようなものだったと気づく。

大根なますは、日本のピクルス。けれども、異国の味に変身できる。白ごまとあえれば、韓国風。ハムといっしょにフランスパンにはさむ。これは、ベトナムの旅で覚えた。玉ねぎやタコとあえ、オリーブ油をかける。レモンをしぼれば、スペインのワインがほしくなる。

大事なまんなかは、厚い輪切りにして面どり、大さじひとつの米とゆでる。米を炊いた鍋を使えば、一石二鳥。串がやっと通るくらいで火をとめ、洗う。昆布をしいた鍋にいれて、三十分。ふらふらっと湯気がのぼると、のどや鼻がらくになる。湯気でくもった窓をあけると、風邪の神さまが逃げていった。

大阪で、おいしいゆず味噌をいただいていた。まずは、ふろふきで。一升びんからコップにどぶっとつぐと、西や東の縄のれんが、ぱらぱらと揺れる。

笑いじわのやさしいおじさんと、割烹着の奥さん。常連のおじいさん、注文するたびガールフレンドに講釈するお兄さんが、開店くちあけを目ざした小走りの路地が目に浮かぶ。

残ったふろふきは、塩をひとつまみ入れ、明日のおたのしみにする。豚と煮ようか、ちくわもあるなあ。そうして、やっぱりと決めた。

いちばん好きな煮ものは、こんにゃくと、厚あげと、大根の精進三すくみ。いずれが欠けても、ぼんやりしてしまう。

作るたび食べるたび、おじいさんの三十三回忌法要のお膳を思い出す。いっしょにならんでいたのは、ごま豆腐、野菜の炊きもの、にんじんの入らないなます。子どもには、お膳も、肉も魚もないのにごちそうなのも、めずらしい。大根も厚あげも、だしをたっぷり吸って、ごくんと食べた。

あのさぁ、こういうのだーいすき、おいしいねえ。

喪服の母は、いっつも食べてるじゃないとあきれながら、ひとくち。そして、あらほんと。お寺さんは、たくさん炊くから、おいしいのよねえといった。

くろい着物のおばあさんは、おじいさんがごちそうしてくれたんだから、たくさん食べなさい。手つかずだったお皿をくれた。お寺さんでみんなで食べているのを、おじいさんはふわふわとながめている。高い天井を見あげた。足が、びりびりしびれた。

それからもう三十余年。戦後七十年めの、冬のけさ。

近所のとうふやさんは働きもので、朝の三時には開けているらしい。毎朝できたてのあたたかい豆乳を店さきで飲ませてもらえて、うれしい。

あぶらげは七時、厚あげは八時ができたてと覚えていて、がまぐちを持って出かける。香ばしい湯気につつまれて、ゴムの前掛け長靴のおじさんや、豆乳を飲みに来るおばあさんたちと、近所のあれこれをおしゃべりする。

きのうより耳年増になり、揚げたてあつあつをぶらさげ、小走りで帰ってきた。このまま煮るには、しのびない。鍵をあけるなり、しっぽの出番。

なにはともあれ、大根をつかむ。

風邪の茶屋

四十路の峠にさしかかったころから、子どものころのような、高い熱を出すようになった。

扁桃腺がまっかになり、声がかれて、咳がとまらない。それでも、食欲は落ちない。おとなしく寝ていればいいのに、やたらと明るくなって、動きたがる。これも、幼稚園のころとおなじだった。

免疫が低下しているか、年末年始の遊びすぎか。それでも、熱が出ているうちは、治るつもりでいるんだろうから。

からだの都合を察しつつ、冬の風邪のときは、なにを作ってもらったっけなあ。

とっちらかった部屋のなか、とっちらかった頭にふとんをかぶせる。

短時間で作れるもの、からだが温まるもの、たくさん作って飽きないもの、買いものに出ないですむもの。それと、ちょっとなつかしいものが食べたい。冷蔵庫と冷凍庫をめぐらせる。

おろしたしょうがとベーコンが凍っている。にんにくと白菜がある。

悪寒があるので、出し入れ迅速が大仕事だった。薬で熱がさがったころあい見はかり、えいと起きる。パジャマにセーターをかぶって、腰にはカイロを貼り、ひざかけとエプロンを巻き、マスクをしたまま流しに立つ。

白菜を半分に割る。

ざくざくと刻んで、ざっと洗って軸と葉っぱを交互に鍋につめていく。とちゅう、ベーコンとしょうがをはさんでおく。にんにくは、ありったけつぶして放りこむ。鷹の爪をいっぽん。種は、迷ってとらない。どぶどぶとのみかけの酒をおごり、ふたをして、とろ火にかける。安心とともにぞんと悪寒がもどり、またふとんに帰る。

四十分のちにのぞくと、山盛りを押さえつけたはずの白菜は、ぺしゃんとなっている。こんなに大きかったのに。流しに出しっぱなしだった残りの半分をしまった。咳こみ、食パンを焼いて、煮えたてを食べる。しょうがとにんにくの香りと、熱を吸いこんだ白菜が五臓六腑に届くと、わななく悪寒がおさまる。実家の居間にいるような安堵に、弱ったときは、食べなれたものを食べるのがよいらしいとわかる。

母の煮る白菜スープは、ベーコンではなく、豚の薄切りが入る。夕方になると、石油ストーブのうえに大鍋をのせてほうっておく。好きなだけ食べなさいといわれ、食べても食べてもおいしい。おかわりをくりかえして寝ると汗をかいて、なんども着がえをするたび、タオルで背すじをこすってもらった。

薬を飲むから、三度の食事は欠かせない。たくさんのタオルと着がえの洗濯もある。ぼんやり娘は、ひとりになってはじめて、看病の手間に気づいている。かたづけもそこそこに薬を飲み、首に巻いたタオルをとりかえて、また寝床。

きょう一日、それで暮れた。夜は、しょうゆをたらして、うどん。それだけをたのしみに、目をつぶった。

咳に起こされたものの、関節の痛みと悪寒はとれた。そうして、いつもどおりの猛烈な睡魔がやってくる。これが風邪の峠なので、あわてず、眠りのどん底に沈む。目が覚めたのは、もう夜中だった。

子どものころは、夕ごはんだよと、無理やり起こされた。いまは真夜中にラジオで小林旭をきいて、うどんをすすれる。これはすこしうれしい。

ラジオでは、全国のお便りも読まれる。吹雪や木枯らしのようすをききながら、このたびの風邪は、冬将軍がじきじきにいらしたようだったなあ。げんきんに、もうふり返っている。

翌朝は、めでたく床ばなれとなった。寝巻を脱いでジーンズをはくと、足腰がしゃんと立った。

冷凍庫も、いつもどおりにあける。底のほうに凍ったごはんを発掘して、白菜スープの最後はおじや。とき卵を流し、くつくつ煮えたら、あさつきを散らす。

そこに、柚子こしょうをすこし。工夫の元気もでてきた。

風邪将軍とのおわかれ作法でいちばんだいじなのは、もう一日家にいること。山のぼりの峠には、茶店がある。風邪の峠も、来た道行く道見わたして、のんびりひといきが大事と思う。

寝こんでいるあいだに散らかった部屋をかたづけると、残った白菜をせん切りにして、濃い塩水につける。しんなりしたら、洗って甘酢に漬けて、小鍋に熱した中国の赤山椒とサラダ油をじゃあとかける。

甘酢は氷ざとうで作る。氷ざとうはのどにいい。北京のおばあさんに教わった。咳のあいだなめていた残りを、ばらばらといれた。甘酢は、日もちがして、鍋ものやラーメンのスープにいれてもおいしい。

つめたい水で昼の米をとぐ。台所に立ちたくなれば、大丈夫なんだ。そうして、立ちたくなければご用心ということと気づく。

いまさらながらの大発見だった。

たよりないお守り

昼どき、バターの香りにふりかえる。

はじめての町の、はじめてのパンやさん。ちいさな男の子とお母さんが、手をつないで入っていく。男の子があんまりうれしそうで、誘われる。冷凍庫には、明日のぶんが一枚あったのに。

アンパンマンの顔のパン。チョコレートをはさんだクロワッサン。男の子は、焼きそばパンと、サンドイッチを迷った。

……ここのって、お母さんの作るのより、いろーんなのがはさまってるよ。

おおきな声でいったので、お母さんは坊主頭をぐいとおさえる。ほら、はやく決めてとせかした。いつも、幼稚園のお弁当に持っていくんだね。そう思って、いまは春休みと気づいた。

卒業してしまった春休みというのは、なんとも宙ぶらりんなものだった。四月になれば、中学生、高校生になる。宿題もなく、ふりかえりふりかえり手をふり別れたので、なんとなく友だちとも会わない。あたらしい制服を着てみては、こそばゆくて、すぐに脱ぐ。

小学校の卒業式は、親友と別れるのがつらくて、わんわん泣いた。

中学校の卒業式は、ブラスバンドの後輩たちに、わんわん泣かれた。なぐさめるのに忙しくするうち、うっかり卒業証書を忘れて帰った。ひとりで教室にもどって、黒板にみんなで書いたよせ書きを読み返す。もうつぎの三年生の教室だなと思う。二年間しつこく好きだった男の子とも、もう会えないんだなあ。校庭をながめ、うっすら泣く。

高校の卒業式は、病院にいた。大学の合格発表を見た帰りに、駅でへなへなと倒れて、救急車で運ばれた。

しばらく原因がわからず、そのうちストレスですねといわれた。治療は、虫歯のように、きょうこれでおしまいとはいかなかった。とつぜん、これという理由もなく、食事ができない。穴に落っこちたような日がつづいた。

ストレスといっても、受験は、高校に入るときも経験していた。しかも、進路はめでたく決まっていた。同級生だっておなじ苦労をして通過した関所なのに、ひとりころげてしまった。

卒業式の日は、クラス全員で電話をくれた。いちばん楽しい春休みなのに、どこにも出かけられない。食いしん坊だけがとりえだったのに、なにが不満というのか。頭は、頑固なからだを責める。

三度の食事も、首をふるばかりで、お粥と煮魚を箸のさきにのせ、薬のように水でようやく飲みこむ。母にどうしてと聞かれても、飲みこめないとしか、説明できない。

そのうち、からだは、空腹を忘れた。

食べなくても、ふしぎとやせず、からだがよく動き、元気だった。

ひと月、そんなことがつづいた。

親せきによいお医者と紹介されて、すがる思いで通った。町を歩けば、春の服をさがす女の子たちとすれちがう。あんな楽しいことは、もう一生ないのかなあと、うつむく。

そのままとうとう、入学式は二日後に迫る。息ぐるしさをしょったまま、大学に通えるのか、まったく自信がなかった。

病院の待合室はいつも静かで、とてもこんでいる。おおぜいのひとの長い沈黙をきいていた。名まえを呼ばれた。

やあ、どうですか。

いつもどおり、のんびりきかれる。

かわりがないです。のどが、ふさがっています。そういったとたん、奥歯の力が抜けてしまった。

なさけない、もどかしい、つらい、どうにもならない。腫れものに触るような、家族の顔。ひっくるめたら、泣けてきた。

先生は、おさまるまで待ってくださった。

……あなたは、若いんだ。このさき、すばらしい青春が待っているんだよ。

力強い声をききながら、ぎゅうぎゅうと泣いた。

すこし休んでいきなさいといわれて、ベッドで小一時間昼寝をして帰る。

きょうも、来た道を無事にもどれるといいなあ。そう思ってきっぷを買い、改札に入ろうとしたとき、コーヒーの匂いに立ちどまった。

ここの店の玉子サンドイッチが好きで、学校帰りにより道したと思ったら、足が勝手にむかっていた。カフェオレと、玉子サンド。もはや懐かしい、いつものものを頼んだ。

ひさしぶりのカフェオレは、苦い。おしゃれな友だちのまねをして、好きでもないのに、のんでいた。

三角サンドをしばらくにらみ、おそるおそるはしっこをかじる。ぐっと、飲みこむ。そして、ふたつ入りのひとつは、食べきった。

ああ、ちょっとはよくなった。そう思ったら、いっしょにより道していた友だちの顔も浮かんだ。心配して手紙を書いてくれていたのに、返事も出していなかった。

頼りない食パンと、あわいきいろ。この世でただひとつの味方のように、両手でしがみつくように持った。

すばらしい青春が待っている。お医者さんのことばは、なぜだか、許していただいたような気がした。三角サンドイッチを、たのしい世界にもどるお守りのように、ながめてはかじった。

こころとからだは、つがいの小鳥のようなもの。

玉子サンドを選ぶたび、所在のない十八の春を思う。

坂のうえまで

朝のひとどおりを終え、おもてに出る。

東西南北はその日しだい、気分で吉方を決め、ときには電車で遠出する。歩いてみると、すみれのつぼみを見つける。春の女神さまがほほえめば、きゅうな坂道だって、ますます機嫌よくのぼってみせる。

はりきって出かけたのは、坂のふもとにある神社だった。このごろ縁結びの御利益にあやかれると評判で、早朝から熱心に参拝するひとが多いときいていた。バレンタインデーのときは、初詣よりも混むという。

坂の中腹には小学校もあった。平日の朝も、新一年生のきいろい帽子の列と、なにやら思いつめた表情の若い女性の列がにぎやかに交差している。

おどろくのは、若いみなさんが、参拝の作法をよくよく心得ている。神妙に手を清め、口を漱《すす》ぎ、参道へとのぞまれる。柄杓さばきが見事で、それもひとえに恋愛成就の努力と思うと、ほんとうにいじらしい。

どうぞみなさんの思いが伝わりますように、幸せになれますように。袖振り合ったおばちゃんとして、二礼二拍手一礼。十円玉ひとつで大願を祈る。目をあける。もう十年早くお参りにきていたら、恋の悩みだってご相談できた。信心しだいで、成就したかもしれないんだなあ。ちょっとほろ苦くなる。

そうして、後悔さきにたたずといいきかせ、ぐんぐんと坂をのぼって、うっすら汗ばむと、こんどはバスで帰ってくる。窓のけしきをながめるうち、頭のなかは花より団子、恋よりお肉となっている。坂のうえのバス停まえには、よいお肉やさんがあるからだった。

早起き、早じまい。ガラスはぴかぴか、植木もすくすくと気分のいい店で、おじさんは作りたい料理をいうと、その大きさに切ってくれる。近所にはお年寄りが多いからと、五十グラムから計り売りをしてくれる。ことに嬉しいのは、ひき肉をそのつど面倒がらずに作ってくれる。

鶏はつくね、豚は餃子、ひき肉をこねてまるめるあいだは、いつでも子どもの時間にもどっている。

あいびきも好きで、奥さんはミートローフとミートソースとハンバーグ、それぞれに配合に違いがあるという。ハンバーグは牛肉を多めに、あら挽きのほうがふっくら焼ける、天火に入れるなら、豚を多くして、細かく挽いたほうがいいのよ。横目でだんなさんの手の動きをはかりながら、早くちでいう。

焼き豚に挑戦しようと豚肉のかたまりを買ったら、ゆでただけでもおいしいのよ、スープもとれるし。それをきいて、あっさり方針を変更したこともあった。帰り道には、このお店の焼き豚がとてもおいしいのだから、じぶんで作らなくてもいいやと思っていた。

春になると、ロールキャベツをたびたび作る。

玉ねぎの甘みはさわやかで、キャベツはやわらかく、巻きやすい。あいびき一

○○グラムでも、三枚くらい重ねて巻くと、げんこつほどのおおきなロールキャベツになる。いちどにたくさんキャベツを食べられるのもいい。

ひき肉は、こねすぎない。玉ねぎは炒めず、おろしていれるとよろしい。奥さんに習ったとおりにしたら、煮汁が澄むようになった。

このごろは、ひき肉だけの味のほうがよくなって、ベーコンは巻かなくなった。かんぴょうを横着して、たこ糸で結んでいる。手抜きのうしろめたさも、すっかり忘れてしまっていて、だれに食べてもらうわけでもないと開きなおって、鍋につめる。

できたてひとつめは、かるく塩こしょうで食べる。マスタードをつけたり、レモンをしぼったりもする。ふたつめは、みりんと醤油をたし、おでんやさんのロールキャベツのようにしたり、トマトジュースをたしてみたり、カレー粉もいい。煮かえすと、スープもまるくなりおいしくなって、味をかえると飽きずに食べられる。

作るたび、もっとたくさん作ればよかったと思い、明日もまたロールキャベツ作ろうか。明日もあの神社にいって、バスで帰ってくるようにして。そこで、ふとふり返る。

思えば、坂のうえのお肉やさん夫妻とも、この春で十年のつきあいになった。あのころの一年生は、もう高校生になる。子どもの時計のはやさにくらべて、進歩成長のない十年。げんこつキャベツをじっと見る。明日は、よいお店との縁結びの御礼をお伝えしなくてはいけない。

II

バニラと夕立

夕立からのがれ、ビールをのむ。さいしょの本が出てから十年がすぎた。ひとむかしまえの夏の夕方は、中川六平さんとビールばかり飲んでいた。

中川さんは、晶文社で単行本の編集をなさっていた。春に『月と菓子パン』ができると、ふたりで都内の書店さんにごあいさつにいった。

……やあ、こんにちは。

忙しそうにされているお店の方に、おおきな声をかける。

新人をつれてきました。ＰＯＰたててよ、サインもするよ。はじめて会う方にも、どんどん話しかける。顔みしりの方は、中川さんにいわれたら、しかたないなあ。こまり笑いで、引き受けてくださった。つたない手がきの宣伝札をたてる。

サインをすると返品できないときいて、緊張して何冊も失敗した。月とクリームパンの絵をかいて、落款を押した。

新宿、銀座、神保町。池袋、八重洲、高円寺、日本橋、吉祥寺、渋谷。

夏の暑い日、中川さんは、首にタオルを巻いて、くにゃくにゃの帽子をかぶってあらわれる。そのかっこうのまんま、よろしくよろしくとまわると、ちょっと飲んでいこうか。一本入った路地、地下街、屋台。書店のそばのいいお店をご存知で、酔えばビールが焼酎や日本酒やウィスキーになる。

からかわれ、怒る。売りことばに買いことば、生意気をいうと頑固者とそっぽをむかれた。

仕事が終わったらおいでよ。中川さんはこっそり書店の方に声もかけてしまっていて、そういうときは楽しかった。みなさん本が好きで書店の仕事につかれているので、中川さんと熱く語りあう。丸めがねが鼻にずれて、声はますます高くなった。

たくさんのお店に応援していただいて、『月と菓子パン』は、いまも拙著のなかでいちばん売れた。まだのんびりしたころで、古いいいかたをするなら、中川さんが、足で売ってくださった。第一球をていねいに届けることができたおかげで、いまもなんとか字を書いていられる。

中川さんは、そののちしばらく、フリーの編集者となられていた。酒場では、しょっちゅう会う。ちくりといわれることが多くなった。的を射たいじわるをいわれ、ぷいと帰ったこともある。それでも、会えば乾杯した。

中川さんに会うのは、書店のある町ばかりだった。いま、これ読んでるんだ。肩にかけた布袋から本を出してみせる。いいんだよ、これが。読み終わったら貸すよ。遠まわしに勉強不足といっていたと、いまはわかる。

それからのつきあいは、雨雲ばかりだった。

もっと売れたらさ、また仕事しようぜ。そんないじわるをいわれているうちに、体調をくずされたと耳にする。そして、その夏のうちに、亡くなられてしまった。

最後にいっしょに食べたのは、お見舞いにいったときのバニラアイスクリーム。酔った晩に食べると、泣いてしまうことがある。前かがみで、ちいさなさじで。

紙のカップのアイスクリームをふたりして、むきになって食べた。

先日、立川の書店にうかがったら、中川さんと親しかったという方がいらした。おもしろいおじさんだったよね。ふたりで話すのを、聞いているんだろうなと思う。あんなに本のことばかり話していたのだから。

お通夜の晩も、こんなだった。雷ごろごろ、やあ、こんにちは。お経のあいだもやまなかった。

いまは、あのころみたいにのんきにはできない。

けれど、中川六平さんにさいしょの本を作ってもらった。よい書店さんに売っていただいた。その財産だけは、肌身はなさずにいる。

おうちやさん

きょうは雨降り、一歩も出ない。

朝いちばんにそう決めると、なぜかはりきる。衣がえのつづき、手紙の返事、あふれた本箱のかたづけ、前掛けしめて、あとまわしにしていたあれこれにとりかかる。

昼ちかくなると、丸盆を持って買いものをする。がまぐちは持たない。袋も不要。売り場は、冷蔵庫と冷凍庫と乾物の棚、いちばんもよりの店は、おうちやさんという。

……雨の日は、おうちやさんで、お買いものなのよ。

ちいさな友だちが、教えてくれた。女の子は、ざるを持って冷蔵庫、冷凍庫をのぞく。気に入ったものをひっぱり出してきて、これくださーい。

お母さんは、いらっしゃいませーと受けとって、それでお昼ごはんをこしらえる。友人は、おうちやさんを開店したおかげで、女の子がよろこんでお手伝いをするようになったといった。

きのうは、ひさしぶりに晴れて、買い出しをしておいた。そのおかげで、きょうのおうちやさんは、なかなか充実した品ぞろえだった。冷蔵庫には、桜海老と卵、ねぎと菜っぱ、ザーサイがあった。冷凍庫は、ほぼ香辛料棚となっていて、五香粉《ウーシャンフエン》の瓶をとり出す。

冷やめしがあるから、青菜炒めとチャーハン。そう思いながら乾物の棚をのぞくと、ビーフンがほどよく残っていて、焼ビーフン定食になる。糸寒天と干しわかめのスープもできた。

うちは中華的になったけど、あのふたりはなんだろう。神奈川県も、きょうは雨ふり。よそのおうちやさんも、気になる。

乾物類は、便利で日もちがする。梅雨入りまえに食べきったほうがいいときき、六月四日の誕生日を賞味期限にして、使いきるようにしている。

ひじき、わかめ、ねじねじのマカロニは年中常備、棚に不動の場所がある。そのほかは、大豆、白いんげん、切干大根、唐辛子。いずれも、旅先や帰省したときに買ってくる。

以前、富山の雪深い集落を訪ねたときは、保存食づくしのお膳をいただいた。塩や味噌に漬けたり、乾物にして保存する。じょうずにもどして、根菜とていねいに煮炊きする。おばあさんは、その手間をたのしそうに話された。

唐辛子は、わらで編んで吊るしておく。編み方も教わって帰った。いらい、ちょっとした旅のみやげに、唐辛子を買うことが増えた。

夕方、ふたたびおうちやさんをのぞき、新しい味に挑戦してみる。

上等な新潟の車麩は、いただきもの。おうちやさんの先輩は、ステーキのように焼いて、バルサミコ酢としょうゆをからめるといった。想像つかない。そういうと、だまされたと思ってとすすめられた。

せわしない日は、慣れたものばかり作り食べる。雨の日は、退屈とおもしろがりが協力しあい、新発見に誘われる。これも、梅雨の効用と思う。

もどってふくらんだ車麩を、手のひらではさみ、水気を抜く。フライパンを熱して、にんにくが香ってきたら、弱火でじっくり焼く。裏返してみると、こうばしい焦げめがつき、たしかにお肉のようになってきたけれども、ここからがまったくわからない。

しょうゆとバルサミコを小さじ1ずつ、こわごわからめると、シチューとすき焼きがいっしょになったような、こうばしい匂いがたちのぼる。輪っかは、こっくり味を含んでいる。

なんだかしゃれたお皿になったので、ワインもあけて、フォークでひとくち、びっくりした。教わってから、三カ月も放っておいたことを悔んだ。

子どものころは、麩菓子が大好物で、駄菓子やさんに通いつめていた。食べるとベロがまっかになって、友だちと見せあった。

これは、どうだろう。

立ちあがって、鏡にむかい、べーっとやってみたら、ワインの色に染まっていた。雨の日は、することなすこといつにもまして、おとなげない。

今週も雨がつづいてしまいますねえ。

天気予報のお嬢さんは、しょんぼりした声でいう。いえいえ、なかなかたのしいですよ。なぐさめたくなる。

好物がなんでもそろうおうちやさんは、しばらく商売繁盛となる。

ある夏

まぶしい朝、ラジオ体操に励む。

そーれ、いちにの、さん。

からだをひねっていると、窓のむこうからおんなじ声が聞こえる。近くの小学校の夏休み体操会だった。

いまの子は、一週間通えばいいときいて、びっくりした。おばちゃんなんて、三百六十五日やってるのよ。判子をついてもらうカードも、一週間ぶんじゃ、つまらないんじゃないかなあ。そんなことを思いながら、腕をまわす。

体操がすむと、半そで半ズボン、汗だくでひたすら野菜をきざむ。

サラダがうれしい夏は、朝のうちに一日ぶんの野菜の段取りをしておく。親せきのおばさんと、山梨の友人からとれたての野菜も届き、都心のちいさなアパートの台所に、なすやかぼちゃがごろごろしている。

セロリにきゅうりにピーマン、キャベツ、長ねぎ玉ねぎ、にんじん、しそに茗荷。ありったけをせん切りにして、氷水でぱりっとさせて、ふたつき容器にいれて冷蔵庫にいれておく。日が高くなると冷たいものばかりになるから、朝はひとつかみ、ごま油とポン酢であえて、おかゆにからめて食べる。

きのうは、トマトをひと箱買った。

……どんどん食べていって、熟れたらトマトソースにして冷凍しときなさいよ。いちばんおいしい季節のトマトで、こんなに安くできるんだもの。

すすめ上手のやおやさんの奥さんが、自転車の荷台にくくりつけてくれたのだった。

毎日ひとつ、トマトを食べないと落ちつかないのは、弁当持ちの名残りだった。しろめしに、梅干し。それからありあわせのおかずを入れていくと、なんだかさみしい。そういうときに、ミニトマトをひとつふたつ、きゅっと押しこむと、弁当箱のなかがぴしりとおさまった。

　いまは、年じゅう食べられる。それでもやっぱり、おひさまが天からこぼしたような旬のトマトは、笑いたくなるほどおいしい。きのうは抱えて帰るなり、流しに立ったままかじりついた。

　はりはりした若いトマトを、できるかぎり薄切りにして、玉ねぎとパセリのみじん切りをのせて、ドレッシングをかける。冷やしておくと、昼までたのしみに働ける。サラダとしてそのまま食べるほかは、パンにのせたり、冷たくしめた極細のパスタとあえる。

　強い日差しを浴びたあとなら、ほてりをさましてくれる。トマトを食べたら、深海にもぐるように昼寝するんだ。

　さっぱりしたものばかりだと、力が抜けるので、最後は揚げものをする。

　揚げるといっても、フライパンに多めの油をいれて、野菜がつやつやになるまで大きく動かす。

　かぼちゃ、なす、ししとう、いんげん。なすがとろんとしたら、容器にうつして、白髪ねぎとあえて、めんつゆとお酢をひたひたにかける。

もういちどフライパンを熱して、にんにくと鷹の爪をいれる。いい匂いがしたら、目刺をならべる。じっくり弱火で、全員の背がしゃんとするまで焼いたら、さっきの揚げびたしのなかにじゅっと泳がせる。

目刺のかわりに、ベーコンもおいしい。いかを茹でてもいいし、ゆでたまごをころんと入れておいてもいい。

さあ、終わった。

あとは、帰りにとうふやさんに寄って。

前掛けをはずすと、麦わら帽子をかぶってプールに行く。病気をして、七年もプールに入れなかったから、この夏はうれしくてうれしくて、子どもどころか子犬のようにざぶざぶ、腰がぬけるほど泳ぐ。

帰りに、とうふを買った。冷しパスタを食べて、ぐっすり寝た。

夕方、せみはまだまだ鳴いていた。ラジオは熱帯夜になるという。それでもときおり、風鈴がちりんと鳴る。

植木に水をやっていると、呼び鈴が鳴った。うえの階の奥さんが、ゴーヤを持って来てくれた。園芸上手で、ベランダに毎年きれいなゴーヤのカーテンを作る。きれいですね、ゴーヤおいしいですよね。会うたびくちから出てしまい、去年もたくさんいただいた。

ゴーヤを薄切りにして、レモンの輪切りと交互にならべ、マヨネーズを添える。前菜が増えてうれしい。あとはいつもの、夏の焼きびたし、枝豆、冷奴。

缶ビールをあけて、きょうも飲み食いだけ一生懸命だった。アイロンがけ、靴みがき、換気扇。なまけ仕事を数えつつ、夏じゅう遊んでいた子どものころだって、なんとかなっていたじゃない。

宿題は、八月みそかになってから。九月も三日は夏休みのうち。

からっと笑って、おなかいっぱい。

ともだち

海水浴の帰りの電車、むかいの座席にちいさい姉妹が眠っている。

お姉ちゃんは、窓辺にひじをつき、頬をのせている。妹は、まだ赤ちゃんの寝相だった。身をよじって、手はばんざい。口をぽっかりあけて、こうこうと寝息をたてている。

ふたつくらい年の差で、ずいぶん違う。冷房が強いなと思ったとき、お母さんはふたりにバスタオルをかける。それから、そっとカメラを出し、ふたりの寝顔をおさめた。

子どもの寝顔といっても、あどけないばかりではない。眉をよせたり、への字の口をしたり、その年なりの苦労を浮かべているものだった。

まゆみちゃんと遊んでいたのは、ちょうどこの子たちくらいのころだった。ふたりをながめるうちに、つられて眠っていた。

一階に越してくるおうちには、おない年の女の子がいるよ。社宅の同級生は男の子ばかりだったから、引越してくる日をこころ待ちにしていた。

いっしょに遊んだのは、幼稚園の年長から、小学二年生まで。それからははなればなれになったけれど、両親どうしがおなじ町の出身だった。まゆみちゃん一家は、その町に住むことになった。すぐ近所には、うちのおばあさんの家があって、長い休みには遊びにいける。社宅のほかの子どもたちとはそれきりだったのに、まゆみちゃんとだけは再会できたのだった。

まゆみちゃんには、弟さんがいる。ちいさい子の世話がじょうずで、しっかりもの。こつこつ努力をするひとで、駆けっこより、縄跳びが得意だった。さらさらのおかっぱ頭、色白で、赤い眼鏡がよく似あう。ピーターラビットの絵本や、きれいなハンカチ、ちいさなぬいぐるみを大切にしている。

小学校のころは、夏休み、冬休みと再会して遊んだのに、中学にはいると、部活動が忙しくなった。つぎに遊びにいったのは、高校二年の夏休みだった。

待ちあわせたのは、ちょうど町の盆踊りの日で、目抜き通りをいろんな連が踊りながら進む。まゆみちゃんは、地元のお友だちになんども声をかけられ、誘われる。そのたび、東京の友だちが来ているからといってくれた。

踊りの列を見送ると、どちらともなく、かき氷食べにいこうかといった。小学生のころから、夏のお決まりだった。

いなかの夜道、田んぼのはしに、蛍の群れが漂う。用水池からは、かえるの大合唱。日なかは、ちいさな子たちが集まる駄菓子やさんが、きょうは遅くまであけている。店さきに、かんたんな席もできていた。

むかいあって、氷を頼む。氷ミルクか、いちごミルクか。長く迷うのも、久しぶり。お店のおばさんが笑う。

ごうんと機械に力が走り、氷の削れる音がする。部活のはなし、受験のはなし、おたがい女子校で、好きな男の子の話は出ない。それから、ちいさいころの話で、身をよじらせ笑った。

東京で毎日いっしょに遊んだのは、短いあいだだった。一年生の夏、はじめてのプールをまえに、洗面器に顔をつけて練習した。毎日、近所の牛乳やさんにアイスキャンデーを買いにいった。まんが雑誌の発売日が、待ち遠しかったこと。公園のわきに見つけた土管で暮らそうと、お菓子や毛布をはこんだこと。

あの子たち、どうしているんだろうね。おたがい遠くなった練馬の町のあちこちと、友だちの名まえをいっしょに思い出す。

記憶は尽きず、氷はどんどん溶けて、さいごはガラス鉢を持ってすする。

……なつかしいね。

まゆみちゃんは、とてもしずかな、おとなびた声でいった。

あれから、ずいぶん、すぎてしまったね。さびしく思ったのは、お盆の晩のせいかもしれない。

それからまゆみちゃんは、大学生になって、車の運転もできるようになって、希望どおり保育士さんになって、かわいらしいお嫁さんにも、やさしいお母さんにもなった。忙しくしているから、ずいぶん会っていない。ときおりメールをやりとりすると、その明るいのんびりした文面は、かわいい便箋に書いてあったころと、あんまりかわらない。

なんにもならなかったほうは、やたらと引越しをして、おとなになるほど、薄情へんくつになり、その場その場の人づきあいで過ぎた。けれども、まゆみちゃんとだけは、ずっと会えなくても、あのまんま。おさななじみがまゆみちゃんで、ほんとうによかった。

きょうは、あいかわらずのひとり身で、夕涼みにぶらりと出た。公園のお茶店で氷ミルクを食べた。

煉乳が、さらにしろい氷にしみていく。

夕陽があんまりおおきくて、一本道に自転車で突っこんでいったなあ。補助なし自転車に乗れるようになったのは、まゆみちゃんがずっとさきだったなあ。

そうして、思い出した。高校のときのかき氷、ごちそうになったままだった。

レバニラ、たそがれ

レバー、大丈夫だったっけ。

むかいあったひとがきく。

女のひとって、レバーがだめなひと、いるでしょう。

元気になるから、大好物。答えると同時に、すみませーん、レバニラくださーい。店のおばちゃんに声をかけている。

ビールをつぎあい、乾杯。

早くて安くて、ものすごくおいしくて。太鼓判を押す中華の店は、満席でとてもにぎやかだった。厨房には、見るからにおいしいものを作りそうな、かっぷくのよいお兄さんが三人、がこんがこんと鉄鍋をゆすっている。エプロン姿のおばさんたちは、注文をとったり、ビールをはこんだり、おすすめを説明したり、元気よく動きまわっている。

おばさんにいわれるままに、さきに頼んだ餃子と青菜炒めを食べはじめる。はらぺこどうしは箸があわてて、うっかりかちんとあわせそうになったりする。

さきにとゆずってくれたひとは、うれしそうに首をのばして、鍋の音をたしかめる。

……あれは、おれたちのレバニラだな。

待つ間もなく運ばれてきた大皿は、理想の色つや、味は夢のようだった。レバーはほくほく、もやしと玉ねぎは、油の湯船をさっとくぐって出てきた。お酢をかけても、うまいんだよね。そのひとことで、きょうのレバニラは、愉快なおれたちの味になる。

ここのはおいしいから、食べさせたかったんだ。

最後のもやしをつまみながら、うれしいことをいってくれた。きょうも、生きているんだなあと思った。

年じゅうスーダラ暮らしを貫こうとしても、どうにもならないときもある。永訣は、避けて通れない。長寿社会となって、先輩のみなさんは会うたびにお元気そうに見える。それでも、だんだんと、喪服を着る日は増える。

さいごのご挨拶、御礼をお伝えしようとうかがう。ひとりで行って、受付で知りあいと顔をあわせる。ならんでお焼香をする。そのあと、たいていお清めの席を用意してくださっている。

……亡くなった方のおもてなしですので、お箸をつけてください。

係の方に、かならず声をかけられる。なんどうかがっても社交が下手で、どうしてものどを通らない。ビールを一杯、えいっと飲みほし、あとはなんにも考えない。そう決めて、まっすぐ帰って寝てしまう。

翌朝、祖父母の写真に手をあわせ、きのうの晩を思い出す。もう会えなくなってしまった。さびしい、かなしい。つきあいの浅い深いは、関係ない。さよならだけが、人生だ。頭ではよくよくのみこんで、もうお焼香の作法に緊張することもなくなっている。それでも、お別れ翌朝のやり過ごしかたは、なかなか見つからない。すぐにどうにかと、から元気を出すと、しくじることはわかっている。

かわしたあれこれ、骨身にこたえた苦言直言ほど、あたたかく覚えている。叱られていても、やわらかな羽のなかで、守り育ててもらっていたんだな。ありがたい縁をたどり、お茶を供える。

働きざかりに、無念をのこした方との別れは、どうにもつらかった。奥歯かみしめ見送って帰り、畳にへたりこんでしまうと、どうにもならない。そのまままる二日、寝て起きて泣いた。気丈にされていたご家族にあわせる顔がないと思っても、水しかのめず、その水はすぐに目から流れ出た。

三日めの朝、まぶたが腫れて、目が開かない。冷やそうと立ちあがると、ぐうぐうと、五臓六腑に呼ばれる。

生きるものは腹がへる。ひとの身になりきれないことを思い知る。もういい加減にしてくれ、空のうえで、きっとあきれていらした。

がまぐちをポケットに入れて、町に出た。景色は、二日まえとおなじ。ぼんやり風呂につかり、食べたいものは浮かばない。いろんなはだかにまざって、銭湯のまんまえの食堂に入った。

ビールをたのむと、となりの席のおじさんがレバニラ定食といったので、こちらもと頼む。おじさんは、ひょいとこっちをむいて、ここのレバニラ、おいしいよといった。

山盛りの、しろめし。もっと山盛りのレバニラと、わかめの味噌汁だった。

ひとくちごとに、からだが目ざめる。かきこんで、胃がふくらんでいく。手足があたたかくなり、額に汗がうかぶ。おいしいな、生きてるな。店をぐるりとみまわす。おじいさんは、ちくわでのんでる。若ものは、丼をかっくらっている。

この世は、いろんなひとたちが、いろんな気もちで食べてるところ。

いつもなら半分でへこたれる定食を、あのときはたいらげた。

だいじな友人と、二人羽織で食べていた。

菜っぱ今昔

山のてっぺんから、きいろくなってきたよ。東北に住む母が、けさの電話でいった。ききながら、岩手の山で見あげたブナを思い出した。森のなか、澄んだ光を羽衣のようにまとった老木は、山の神に捧げる花束のようだった。

秋の夜長、アイロンをかけ終え、暦を見る。御岳あたりなら、行ける。きいろく色づく森をぼんやり浮かべ、思い出す。冷蔵庫の菜っぱが、きいろくなっている。

畑をしている友だちが育ててくれた、大事な菜っぱなのに、きょうこそ明日こそと、そのままにしていた。あわてて、冷蔵庫から小松菜を救出する。あんのじょう、葉さきがきいろくなって、しなびかけていた。

ごめんなさいね。

根もとを切り、水に挿す。五分もたたず、ぴんとしてくれて、ありがたい。ほうと息をつく。

ふけゆく秋の夜、小松菜ひと束。

いちどに食べられるのは、三分の一くらい。きいろい葉からつんで、湯がく。水にさらして、しぼって切る。ごま油と、塩、七味とんがらし。白ごまをふりかけてあえると、濃いみどりと黄の配色がたのしいナムルになった。

ひとくち味見をすると、いつもより熟れた香りがする。いちょうの葉っぱをしきつめた、秋の道みたいな味がする。

そこで、つぎの三分の一は、みじかく刻んで、にんにくと、残っていた豚肉で炒めて、スープをそそいだ。じゃが芋も入れた。玉ねぎは、迷ってやめる。塩とこしょうを加える。

きいろい葉さきが、豚の脂でとろりと艶めく。もう晩ごはんはすんだというのに、ああ、おいしい、おいしい。なんども味見をする。

　明日の朝は、あたためて、レモンをしぼる。パセリもちらす。それにしてもこの頭は、どうして食べるときだけ、先ざき明るくしゃんとするのかしら。

　ここではたと、眠気がきてしまった。鍋と顔を洗い、歯をみがく。

　灯りを消して、おやすみなさい。


　翌朝、流しに行くと、のこりの三分の一は、かわらずぴんとしているものの、葉のまるみをふちどるように、三ミリほどきいろい。

　一枚の菜っぱも、おおきな山も、さきっちょから麓のほうに、色づいていくんだなあ。感心しつつ、小鍋を火にかける。

　あぶらげをいちばんちいさい火でから入りして、じわじわ油がにじんできたところに、ちりめんじゃこをひとつかみ、じゅっと酒もつぐ。菜っぱの根もとを入れて、菜箸でちゃかちゃか。

　つややかになったら、葉さきをいれて、鍋底一センチほどの水をたす。煮たったら、しょうゆをたらす。

けっきょく、このなんでもないのが、いちばんなんだなあ。

ひとくち食べて、つい声が出た。

あぶらげを網で焼いて、ゆでた菜っぱと煮ふくめれば、おさけが恋しい。じゃこを、炒った煮干にしてもいい。いっそ、どちらもなくてもいい。

あぶらげ菜っぱは、精進料理のお膳にも、たいていのっている。京都のおばんざいやさんにいくと、菜っぱの炊いたん。かわいらしい名まえで呼ばれていて、いろんなお店で食べてみる。

……味が違うてくるんは、おあげさんの違いもありますやろか。

おかみさんは、京都のひとは、みんな気に入ったとうふやさんがあって、たとえ遠くても、熱心ならバスに乗ってでも買いにいくと教えてくれた。

相思相愛の組みあわせを考えたのは、むかしの京都のえらいお坊さんかもしれない。コーヒーならぬ、炊いたん・ルンバ。落語に出てくるおかみさんたちも、こしらえていたなあ。あぶらげ菜っぱの歴史年表は、あんがい壮大な巻きものとなるかもしれない。

みんなで作って、みんなの味がちがう。簡単な味つけほど、差をおおきく感じる。卵のゆで加減、焼き加減の好みと、おなじことと思う。

作りたてを、ひとくち。

ひとりで食べきるくせに、色よく、菜っぱに張りが残っているうちは、よそいきと思っている。もういちど煮かえすと、色は悪くなっているものの、くったりなじんで。

浮かべただけで、へへへと笑うほどの好物で、こちらは、まかない。

火をとめ、ふいと窓をむくと、朝の光が満ちてきた。

いちょうの木のてっぺんも、きのうよりきいろい。

うっすら、ぼんやり

お客が来て夕暮れて、そのまま一献。

なにか、つまもうか。流しに立つ。舌の肥えたひとなのに、いつもなんでもおいしいといってくれる。

こみいった料理を期待されているはずもないので、ありあわせで、いつもと変わらないものを作る。それなのに、背なかが気になり、冷蔵庫を開けたり閉めたり、せわしない。

作るのを見られるのは、照れくさい。

右往左往していると、あのさ。呼ばれて、ふりかえる。

……お燗《かん》の季節になったと思ってさ。

声のやわらかさに、身をとめる。

そうだった。まずはお燗をつけないとね。やっと晩秋の宵となった。ひじき、ねぎのぬた、卵焼き、かまぼこ、手土産だったいかの塩辛。肴と弁当のおかずを混ぜたような小鉢小皿をならべ、ちいさな醤油さしを置く。

味つけに、自信がない。たいてい、うすらぼんやりしているから、たりないときは遠慮なく。そういうと、うすらぼんやりした味は、そとでは食べられないから、そのままいただきます。

にっこりいわれ、ちいさくなる。きょうのごちそうは、このひとこと。

こういうの、おいしいと思うようになったのって、いつごろからだろうね。会社に入ってからかなあ。そのぐらいだねえ。

それから、若かったころの、あほだったはなしをいいあって、笑った。

べつの日、評判のお店に誘われた。

なかなか予約がとれないんです。若い友人は、熱心にメニューを読みこむ。

食いしんぼうなのは頼もしいというと、親もとは出てしまったし、仕事は夜中まで。金曜日くらい、おいしいものが食べたいんです。そして、ちょっと顔を曇らせた。

……でも、うちの母親、料理があんまりうまくないんです。なんか寝ぼけた味っていうか。おとなになって、外で食べたら、きんぴらが違う国の料理みたいに、うまかったんですよ。

青年は、おふくろの味の不平あれこれを語りだす。おいしくないわりには、しっかり覚えているじゃあないの。むかしの鏡をのぞきこむように、笑いをこらえてきくうち、看板料理のローストチキンが運ばれてくる。

よく焼けた丸焼き。お店のひとは、お好みでどうぞとグレイビーソースの器を添えた。ワインで乾杯する。友人がじょうずに切りわけて、レモンをしぼり、マスタードをつけて、ひとくち。

……うん、これでじゅうぶん、しょっぱい。ソースなしでいいや。

それから、若ものらしいスピードで、みるみる鶏の骨をつみあげていく。

このひとのお母さんは、息子さんを適正な舌に育てあげた。いまどきさぞかし、むずかしいことだった。

すこやかな食べっぷりに見ほれ、まだまだ青いねえとはいわなかった。

つやよく、照りよく、味はくっきり印象づける。そとの食事は、一期一会の気迫でできている。

おいしさに目をみはり、家にかえってその味をとめざせば、こんどはひとつの鍋に入れる油や砂糖、塩、醬油の多さにおどろき、たじろぐ。こんなに濃い味を、毎日食べては身がもたない。

はたちまで親もとにいたときは、まるで料理をしなかった。大学生にもなって、せん切りもできなかった。

手つだいをしないくせに、皿数が少なければ手ぬきといい、味が薄ければ、じゃぶっと醬油やソースをかけた。あんまり文句ばかりいうので、そとで食べられるものは、そとで食べればいいのよ。母も不機嫌にいうのだった。風邪っぴきがいるから、水炊きに。あおみがないから、ブロッコリーをゆでようか。きんぴらは、ごまをたっぷり、頭がよくなるらしい。糸こんにゃくも入れるのは、お腹の砂を出すからね。

たらり、たらり、醬油を落とし、味をみる。ちょっと、しょっぱかったかな、首をかしげる。思い返せば、手ぬき料理がならんだ前日は、家族そろって外食をしていた。いまになって、そういうことだったと気づく。

うすらぼんやりしていたり、変わりばえしなかったり。じぶんで作るようになると、それが思いやりだったとよくよくわかる。どれほど特別で、ありがたいことか、親もとにいたままでは、なかなか気づけない。

このごろは、八十路の父がついでといれてくれるお茶、むいてくれるりんごを、じっと見たりする。

ひとり立ちをして、思う存分に外食をつづけてみると、なにかが抜け落ち、ものたりない。そうしてようやく、あの煮もの、食べたいな。うすらぼんやりした記憶の味が恋しくなる。

若いころは、しょっちゅう母に電話をして、どうやって作るのときいた。

……あーんなにおいしくないって、文句いったのに。

母も、ちくりというのを忘れなかった。

暮れのげんこつ

昼寝から起きて、台所のストーブをつける。大鍋をどんと置くと、今夜はもう安泰。寝るまえに水をはって、昆布を一枚、入れておいた。

耳が痛いくらい冷えていた流しもあたたまり、鍋の昆布がふらゆら踊る。おでんにしようか、ポトフもいい。昆布のだしは、和洋問わず、なんでもやわらかくまとめてくれる。きょうは師走の峠茶屋、出かける用事のない、ありがたい休日だった。

風呂場のそうじ、冷蔵庫を整理して、アルコールで拭いた。ためている家のことをまとめてかたづけたかったので、あるものを食べると決めていた。ところが、帰省するからと買いものをしないでいたら、お米もないありさまだった。

スパゲティにしようか。食料棚を見ると、こちらも残りわずか。となりのガラス瓶に、小麦粉ならたっぷりあった。せっかく部屋にこもるのだから、のんきにパンを焼けばいい。

パンづくりは、夏と冬。部屋があたたかいほうが、よくふくらむ。

粉に塩とさとう、すこしの油。いそぐときはベーキングパウダーで、フライパン。時間があるなら、イースト菌でふくらませ、天火にお願いする。

まるめてまとめて、のばしてもどして、叩きつける。すべすべのしろい球にして、ぬれ布巾をかぶせる。

六十分後に、呼んでください。スヌーピーのタイマーに頼み、さてなにをしようか。

きのうは時計をにらんで走りまわっていたくせに、きょうはのびのび迷っている。時間というのは、伸びちぢみするからおもしろい。

クリスマスプレゼントにするつもりのマフラーは、長椅子のわきに置きっぱなし。まだ三十センチも編めていなかった。息をつめて編むうち、小腹の時計が鳴る。昆布だしを小鍋にわけて火にかけ、しょうがの切れはしを入れる。残っていたパスタと梅干しを入れて煮て、味をととのえ葱を散らす。

麺は、つるりと国境を越える。イタリアのひとは、梅干し食べられるかしら。へんてこなおやつをすすっていると、母から電話がきた。

……まったくお父さんときたら、ほんとうにこまってしまう。

親のけんかなんて、娘だって食いたくない。うんうん、ほんとにねえ、そうでしょうとも、あのお父さんなら。

相づちをうち、むかしっからそうだったよ、父の悪口をひとつまみ入れる。するど、だけど悪いひとじゃないから、いいところがいっぱいあるひとだから、腹がたつのよ。母が肩を持ちだしたところで、スヌーピーがピピピと呼んでくれて助かった。つづきはお正月ねと切った。

むくむくと、ふくらんでいる。やわらかなパン生地を抱えると、残酷な目で笑っている気がする。

いつだったか、友だちの子どもに手伝わせたら、会うたびにこんどはいつパンを焼くのと聞かれておかしかった。夏になったらね、冬になったらかなあとのらくらいううちに、女の子は中学三年の受験生になってしまった。

反抗期がいつまでもなおらなくて、いうこときかないのよ。お母さんは会うたびこぼす。

娘はいいぶんありの顔で、ふくれている。こんどふたりを呼んで、交互にパンチしてもらうといいかもしれない。

流し台の、しろい球を見おろす。

みなさま、本年もいろいろありました。

……それでは、いざ。

一族友人町内東北東京日本を代表して、げんこつをつっこむ。そうして、ことしのいろいろは、ぷすんとつぶれた。

まとめてかたちを作って、三十分寝かせる。粉を使いきったので、食べきれないぶんは冷凍庫に入れた。パン生地は冬眠する生きものなので、解凍すれば、またふくらむ。ひらたくして焼けば、ピザにもなる。

冷凍庫でソーセージを二本、冷蔵庫からしなびたキャベツも発掘した。見ためは、話題の干し野菜とかわらないので、からだにいいことにした。

じゃが芋玉ねぎにんじんを鍋に入れて三十分すると、りっぱなポトフができあがる算段となった。

また編みものにもどっていると、台所の窓が、ミレーの晩鐘のようにまぶしくなってきた。

一年ぶんの不平不満をぶつけられたというのに、きょうのパン生地は、いつもよりすべすべしている。さいごの一打をくらわせる。こぞことしこぶしで貫きパンを焼く。

これよりさきの運は、天火におまかせ。

大鍋といっしょに、きつね色のパンを待つ。

味見道中

旅さきで覚えてきた味を、ためしてみる。

ひとり暮らしの、一人前。小皿に盛りつけ、あっというまに腹に消えて、おかわり。郷土料理は、有形無形、どちらの文化財になっているのかしら。教えてくれたおばさんは、元気かしら。壁をながめているものの、むかいのだれもいない椅子には、なつかしいひとの姿がある。

こころに残るその味は、たいてい豪華に盛りこまれたお造りからはなれた、座卓のすみっこに、忘れられたようにある。

……こんなのは、いつも食べてるものだから、ごちそうを食べていってよ。

雪深い北陸の民宿、奥さんがあわててひっこめようとした煮ものは、つめたい水をなんども取りかえてもどすぜんまいの、ひなびた風味が決め手だった。漬けものは、家族総出で、ひと冬ぶんをおおきな樽に仕込む。

早朝おとうふやさんが届けに来るバイクの音で、目がさめた。しっかりとしかくいとうふは、地元の大豆を使っていた。家のまえのたんぼのお米、自家製の味噌。不便だから、なんでも作るよ。奥さんも奥さんのお母さんも、むかしからそうだからといった。

朝ごはんは、五日の滞在中、毎日おなじだった。毎日食べて、まるで飽きない。ほんとにおいしいものは、そういうものだと知った。

素朴なお膳のぜいたくな手間は、東京ではとうていまねできない。こころづくしを、あたりまえに暮らす方がたがなつかしい。足もとにも及ばぬ出来の漬けものをかりぽり、今夜も旅ごころが湧く。

日本じゅう、世界じゅう、旅して食べれば、作ってみたい。

真冬のパリの宿は、商店街のまんなかにあって、はじめてひとり暮らしをした葛飾金町のアパートを思い出した。ちいさな台所がついていたおかげで、慣れない外国で外食をつづけて、胃が疲れることもなかった。

パンやさんは、朝七時にはあいていた。となりにはおそうざいの店もあって、前菜やソーセージ、牛の煮込み、鶏の丸焼きのようなメイン料理もあった。ひとりで食べきれそうなものを、毎日ひとつずつ買いにいくのも、東京の下町とおなじでうれしくなる。

そのうち、みんなはなにを買っていくのかな。となりの包みを、横目でうかがう。全員が買うのは、いちばん安くて見たまんまの、にんじんのせん切りサラダだった。

レモンとビネガー、マスタード、すこしの油であえて、香菜がちらしてある。さわやかで、いくらでも食べられる。おおきな骨つき肉も、バターソースの魚のソテーも、これがあれば大丈夫。日本のなますみたいなものだと思った。

これなら、帰って作れる。十日ほどいるあいだに、あちこちのお店の味を試してみた。デパート、スーパーマーケット、朝市、ホテル、カフェ。青みがパセリだったり、くるみや干しぶどうがまぜてあったり、マヨネーズや、おそらく蜂蜜の甘みが加えてあったり、単純だから、店ごとの工夫もよくわかった。

いちばんの違いは、にんじんの太さ。うすく細くふんわり削っているところもあれば、きんぴらくらい太くして、ぽりぽりかじるものもあった。

庖丁で切るか、スライサーを使うか。いちばん気に入ったのは、やはり近所のお店ので、奥さんが巨大な爪やすりのような道具で削っているのを見た。

本来は、チーズをおろすらしい。スーパーマーケットで似たようなものを見つけて、買って帰った。

さて東京の台所、流しの引き出しをあける。じつは、せん切りができる道具が、がらがらと出てくる。

ちいさな庖丁が二本、はさみ一丁。おろしがね。

道具の道楽はなく、なるべく増やしたくない。それなのに、せん切りスライサーだけは、これでよしというものに会えない。食べものに関しては、ことさら弘法の筆となれず、好物の大根なますのために、沖縄、大阪、アラスカ、イタリア、ベトナム、金物の店をのぞいては、これはどうかしら。見つけては買ってきて、百点満点に出会えずにいた。

そこにパリ直輸入のチーズおろしが加わってからは、連日にんじんサラダを作ってみる。

……うーん、もうひとこえ。

にんじんがちがうのか、スライサーがちがうのか、パリの味よりしんなりしている。

道具を洗って拭きながら、京都なら、いい道具があるのでは、金物なら新潟か、いやいや千住あたりの商店街に、ほこりをかぶった名品が眠っているかもしれない。中華街はどうだろう。いっそ、もういちどパリにいったほうがはやいかもしれない。

あのお店で、ひとこときけばよかったんだなあ。パルドン、シルヴプレ。

オイルをたらし、レモンをしぼり、朝から世界の路地を駆けめぐる。

魔法のせいろ

散歩がえりの夕暮れ、赤信号でとまると、しろい息がのぼる。ほそいお月さまを見あげて、里芋、ひじき、それから。算段をして、来た道をはや足でもどる。おそうざいの店で、シウマイを買った。

冷えこんだ二月の空気をつれて部屋にもどると、小鍋に湯をわかした。それから、壁にひっかけてあるせいろを水にくぐらせ、のっけた。

一段めには、白菜をしいて、里芋とシウマイをのせた。

二段めには残っていた冷やめしと、ひじきの煮もの。

もうひとつの火で、ほうれん草をゆでる。煮干しをほうりこんで大根のみそ汁を作るあいだに、寒い部屋もあたたまる。そうしてめでたく、ほかほかのシウマイ定食ができあがる。

食べきれず凍らせたごはん、大阪のおみやげの豚まん、ブロッコリーやカリフラワーにはマヨネーズをつけて、ふかした芋は塩かバターか。

料理とも呼べないものなのに、食べるたび、これ以上の味はないなあと思う。ふかし芋なんて、ものごころつくまえから握りしめていて、いまだ飽きずに食べている。子どものころによくみた夢は、ふかし芋を食べながら公園で悪者をやっつける。また見たいなあ。

東京オリンピックの年に建ったというおんぼろアパートは、電圧が低くて、電子レンジが使えない。

凍らせたものは、ふかすのがいちばん早くておいしいのに、なぜだかやりたくない。なーんでか。それは、蒸し器を出すのがおっくうだった。

そこで中華街に遊びにいったときに、飲茶のお店で見かけるちいさなせいろを買ってみた。直径が、いつもの小鍋とおんなじだった。

壁にくぎを打って、ひっかけておいたら、やっぱり毎日使うようになった。

ひとりぶん、長年動かしている人体でも、頭とからだというのは、あんがい気のきかないどうしでいる。おたがいの調子をみて、こうすればどうだと探りあうと、解決することもある。

おとなりさんのおみやげの温泉まんじゅうは、ふかすとより温泉みやげらしくなって、うれしかった。ときどきお赤飯が食べたくなると、ちいさなせいろで一合半。

テクマクマヤコン、マハリクマハリタ。

魔法は使えないけれど、わずか二十分たらずで、おいしいおいしい。湯気は、魔法より偉大と思う。そして寒くなるほど、魔法をしのぐ幸福を、むくむく届けてくれる。

北風にさらされて風邪をひきかけた晩は、ふたつきの飯碗で、茶碗むしをする。海老もぎんなんも、なくていい。なんかないかと見まわして、干ししいたけ、とうふ、はんぺんやちくわがあれば、大ぜいたくとなる。

風呂に入っているあいだにしかけて、あがったら、熱燗一合と茶碗むし。からだのうちそとあたためて寝ると、悪寒もくしゃみも抜けている。

このあいだは、友人のお母さんのお手製の栗の渋皮煮の、最後のひと粒をぽんと落とした。時計をにらみ、二十分、せまい部屋をうろうろしながら、この感じ、似たようなことがあったなあ。

ぐるぐるまわっていると、子どものころの公園にたどりつく。

さざんかの垣根のわきあたり。地面に穴を掘って、松ぼっくりやどんぐりや、ビー玉を入れる。それから、きれいな枯葉を集めてかぶせて、穴をふさぐ。目じるしに、小石でかこんでおいた。

すこしはなれたところで、お友だちのみわちゃんもおなじことをしていた。それからふたりは、それぞれのようすを見なかったことにして、ブランコに乗ったり、鉄棒につかまったりする。そのあいだも、ちいさな脳みその半分は、なにが入っているのかなあ。垣根のほうをふりかえる。

そうして、からすが鳴いて、五時のチャイムが鳴って、そろそろいいよね。おたがいの穴に駆けていって、掘り起こす。

ありがとう、きれいだね。その日の宝ものを交換した。

夢のなかの公園も、遊んだ公園も、おんなじ公園だった。あのころと、なーんにも変わらないなあ。今夜は、お友だちの家の宝ものが、魔法のせいろのなかにある。

作ってならべて食べて洗って拭いて、はい、おしまい。

ひとり暮らしの食事は、慣れるほどあっけない。凝ったものも作らず簡略一路のなか、ぬくもる二十分に、ふだんの動きをそらされ、だれかに作ってもらったように待ちどおしい。

そうこうするうち、二十分。飯碗をあける。

……さてさて、きょうは、なに入れたんだったかなあ。

知っているくせにとぼけつつ、さじでそっとすくってみる。

おきにいり

朝の梅干し、ぼろぼろジーンズ、ビールジョッキに、もめんのとうふ、はしご酒と夜中のおうどん。みんな大好き、おきにいり。

しょんぼりしそうになると、窓をみがいてうたう。偉大なサウンド・オブ・ミュージックの、わたしのおきにいり。替え歌にしてうたう。三拍子にあわせて三角にみがくたびに歌詞も変わる。

こんど歌うときは、これも入れないと。おきにいりを、日ごろ見つけておくのが楽しい。季節で、ビールが熱燗になったり、おうどんを冷やし中華にして、字あまり。ジーンズもとっくりセーターになったりする。

どんどん見つけて、どんどん歌って、背が汗ばみ、手足があたたかくなるまで磨く。

おきにいりは、いくらでも湧いてくる。欲深いものだなあ。

そうして、毎回これだけは、入れないと、しまらない。ぴかぴかの窓をながめて、笑ってしまう。

札束より、ダイヤモンドより。

この世でいちばんのお気にいりは、マスタードのちいさなあきびん。

スーパーマーケットにいくと、たいてい置いてある。手のひらに、ころんとのる。尻すぼみの輪郭、くろいふた。みごとなかたちは、なかのマスタードを、つややかに、上品に見せている。

この無駄のなさ、さすがフランス。そのうえ、ふたの開け閉めの感触も、快適このうえない。

毎月のように、値引きセールがあって、開けなければ長期保存できるので、つい手がのびる。ひとり暮らしをはじめてから、ひたすら食べている。

粒のマスタードとなめらかなクリーム状の二種類があって、それぞれの風味がある。

ソーセージには粒、ドレッシングにはクリーム、ときどき逆転させると、また新鮮。浮気男の心もちは、こんな感じかなあ。本宅は、粒のほうか。

おいしいおいしいと使って、しだいにガラスが透けてくると、えへへ、ふふふ、うれしい。

あきびんを目ざして、食べているのだから、ますます目尻はさがるのだった。

ここで机を立ち、調べてまわった。

裁縫箱の折れ針入れ、貝ボタン、ちいさな安全ピン。それぞれ、わけてある。文房具のひきだしには、クリップと輪ゴム、ホチキスの針。台所にいたっては、あきれるほどあった。

黒ごま、白ごま、金のすりごま、粒こしょう、青のり、茄子漬けの色をよくするみょうばん、わらびのあくぬきをする灰、あかいサフラン。お客さん用のかわいい角砂糖、きのうもらった飴ちゃん、ひとくちのこった柿の種。

いったい、いくつあるのか。いったい、いままでどのくらい、マスタードを食べてきたのか。

世界じゅうに、すてきな保存容器あまたというのに、執着するのはこれだけ。なによりだれより、肌があう。手と容量が、ちょうどいい。あの世につれていきたいくらいの相性と思っている。

なかみの最後のひとさじぶんを入れたまま、お酢と玉ねぎのみじん切りと油をいれて、しゃかしゃか振る。ひとびんが、二、三回ぶんのドレッシングになって、一日ふつかで使いきれる。飽きない、傷まないうちに食べきれる。

そうして、また新しいびんを買ってくる。これを二十五年も続けた。

食べきれなかったりんご半分を、薄切りにしてジャムを煮る。干したあんずやプルーンを入れて、はちみつをそそぐ。これは、翌朝のヨーグルトに入れて、それでなくなる。

ちょっと残ったもので、つぎの楽しみができる。そして、明日じゅうには、腹におさまって、すっきりしているのがいい。

ひとり身は、保存食を作ると、毎日毎食同じものを口にする。どんなごちそう好物だって、三日三食続けばつまらない。

きゅうりやしょうがの甘酢漬けも、この量なら大丈夫。みそ汁のだしをひいた昆布とかつおぶしで、ふりかけもいい。いつのまにか、あきびんが日々の目分量になっていると気づいた。

食べきれるのは、とても気もちがいい。はんたいをいえば、食べ残すときは、ずいぶんのうしろめたさをしょっている。

あきびんは、熱湯で煮てからかごにつめて、冷蔵庫のうえにのせておく。

貯金はないけど、お楽しみは尽きずに湧く。美味は、世界じゅうにあって、なにを入れても、おいしそうに見えるのだから。

お里のフランスでは、まさか遠い日本で、ふりかけが入っているとは思わないだろうなあ。フランスの人は、なんか入れたりするかなあ。しょんぼりしていたほっぺたに、えくぼがへこむ。だいぶしわになったけど、まだえくぼと呼びたい。

明日は、なにを。

そう思っただけで、待ちどおしい。
おじゃこのふりかけ、お茶づけ昆布、柚子の甘味噌、しわしわのプルーン。
小瓶のくろいふた閉めて、みんな大好き、おきにいり。

おいしい、おしまい

こども部屋の壁には、五十音の表が貼ってあった。たてに、あいうえお。よこに、あかさたな。声でたどっていくと、さいごの一文字だけ、はみだしていた。おさまりが悪い。しりとりだって、負けになる。仲間はずれで、すねてるみたい。かわいそうと思っていた。

四十路もおわりにさしかかり、んから始まることばを覚えていない。世界はでかいから、てくてく歩きまわれば、きっとおもしろいことばに会える。はみだしものの、おしまいの一文字に、なつかしい春の旅が浮かぶ。なるようになるって。ふいと勤めを辞めて、半年すぎたころだった。損得がらみのつきあいは、しぜんに離れる。仕事はない。そうして、自由ほどお金のかかることはないのだった。おまけにからだも壊して、あおい空より、くろいかたい地面ばかり見る。そのくせ、ほこりっぽい靴は、せかせかした歩みをとめられない。

こんなのは、だめだ。なんとかふんばり、あり金はたいて、切符を買う。激安出張パックの大阪行き。こだま号で、ひかりとのぞみがびゅんびゅん追いぬいていくのをながめ、ビールをすすった。

法善寺にお参りをしても、あいあい傘の相手もいない。春の小雪がちらつく。まえなら、のんきによい風情とながめたのになあ。ポケットに手をつっこみ、熱燗のんで考えよう。また歩いた。

あのとき、なにを考えようとしていたんだったか。

もう干支もひとまわりした。ほんま、あほやった。

……おかん、ください。

……はい、どうぞー。わたしでよかったらー。

おかみさんは、ずんと身をのりだす。

けらけら笑い、来てよかったなあ。肩の力みがいきなり抜けちゃった。悩みたいために悩んでいたと気づく。悩むひまがあるなら、手足と口を動かし、笑っていたほうが、ずっといい。

明日はあしたの雪が降れ、なるようになると念じなおし、おでんの湯気にくるまれた。

こんにゃく、だいこん、はんぺん。

東にいっても西にいっても、さいしょの三種はかわらない。はい、こんにゃく。はい、はんぺん。おかみさんは、あいの手をうつように、皿にうつす。

……はい、どうぞ。

うけとり、水を吸ってあかくふくれた手の、さかむけした指さきを見る。また裏切れないひとに会った。

お燗、はんぺん、お燗、だいこん。三角の、こんにゃくにかじりつく。おかみさんは、常連さんとテレビを見あげる。有名な役者さんが、高級店を食べ歩き、舌鼓の最中だった。

おじいさんは、こんなに出されても食べきれないと首をふる。おかみさんは、連れていってくれたら、みんな食べてあげるから安心しとき。よけいな心配は寿命をちぢめるといい、ふいとこっちをむいて、おいしいときく。そうして、返事を待たず、それ、みんなおいしいわ。うなずいた。

……あんなあ、お姉さん。おいしいもんは、みぃんなんの字がつくの、知ってた。こんにゃく、はんぺん、だいこん。みーんな、おいしいなぁ。んのつくもの食べたら、運もつくねん。

そんなこと、ないわ。ほんなら、これはどうや。おじいさんが、コップ酒のおかわりをせがむ。

……こんなんは、おひやさんで、ええやないの。

そしたら、あめちゃん、たこさん。みんなおいしいもんになる。おかみさんは、世紀の大発明のように、胸をそらした。エプロンのスヌーピーも、自慢げにふくらむ。さすが大阪だった。

そこから三人で、思いつくままにおいしいものをあげていった。

おでん、うどん、かやくごはん。ここのかやくは、おいしいよ。おじいさんが教えてくれた。

おいなりさん。あんみつ、天ぷら、ビフテキちゃん。さんが似あう、ちゃんのほうが、おいしそうやな。ひとしきり笑って、おじいさんは、きょうは一杯よけいに飲んだと立ちあがった。

お先するな、おおきに。

こちらこそ、おおきに。

雪は、もうやんでいた。

おかみさんには、スカイツリーのぼった、六本木で芸能人に会ったときかれた。旅さきで東京というと、たいていこのふたつ。通天閣のほうがいいというと、それはそうや。また鼻をたかくした。

はしご酒の三人が入ってきて、にぎやかになったのをきりに、腰をあげた。

……これ、おみやげ。ホテルで食べて。また遊びに来てな。

おかみさんは、しろい包みをくれた。しっとり、あたたかい。かやくごはんのおむすびだった。

また来てな。約束をしたのに、つぎの大阪、そのつぎの大阪。行くたびおなじ路地をなんども歩いて、お店を探せない。

神さまに会うときも、一期一会。いの字は、おいしい。

Ⅲ

縄文ぐらし

三代まえから、おすみつきの血統であります。なにより、日々の晩酌だけをたのしみに生きてまいりました。そのうえ、人生道中、中年まっただなか。そういうわけで、こまったことに血圧が高い。四十路にはいったころから、健康診断でひっかかるようになった。

毎朝、血圧計を腕に巻いて、二度計測し、低いほうを記録する。いまだに緊張して、さいしょは高い。深呼吸をした二回めは、薬を飲むか、すべりこんでセーフか、境界をうろうろくらい。

はかりつづけてみると、ぼんやり時間を使った翌日の血圧は低く、きりきりくちを動かすばかりの日だったり、用事をかかえたまま寝たときは高い。こころとからだは、ほんとうに、ひとそろいとわかった。

おだやかに過ごすに越したことはないけれど、働きざかりのはしくれとしては、花も嵐も避けてばかりもいられない。

……これさえなければ、優等生なんですよねえ。

かかりつけのお医者さんは、生活習慣病とはほど遠い若い方なのに、親身に改善策を考えてくださる。毎日小一時間、すこしはやい速度で歩く。ちょっと汗ばむくらいがいいですね。ストレスも関係しますから、睡眠も大事です。

食生活をきかれ、朝昼は自炊というと、それなら、減らしやすいから、ようすをみましょうということになった。

……塩は人間にとって必要、なくては生きていけない大事なものですが、現代人は塩をうまみに使うことを覚えてしまった。それは、からだにとっては、やっぱり負担になるんです。

がんばって一カ月、続けてみてください。ひと月したら、外食すると塩辛くてびっくりするようになりますよ。

さわやかな励ましと、食品塩分一覧表をいただいて、さっそく減塩礼賛の実践に入った。

大さじ小さじとデジタルのはかりは、お菓子づくりで使うものがある。くちにしてよい塩分は、一日に六グラム。

このごろの食料品には、栄養成分の表示がきちんとされ、塩分はナトリウムとして記されている。細かい公式の端数は面倒なので、塩一グラムは、ナトリウム四〇〇ミリグラムと換算する。

スーパーマーケットには、しょうゆ、味噌、ソースは減塩のものがさまざま売っていた。好物の梅干しも減塩漬けにして、週にいちどのほうびとした。

目をほそめ、びんのラベル、袋のうしろのちいさい数字をたしかめる。食べものに制限ができると、買いものも遠足のおやつを選ぶように、真剣慎重になってしまう。

残念中のさいわいは、なんでもおもしろいほうに目をむけたい根性が目をさます。この遺伝子は、おそらく母方のおじいさんから流れてきた。

パンやうどんは塩分が高く、味噌やしょうゆのような調味料だけでなく、牛乳や海藻類、野菜などの自然界のものにも、わずかに含まれている。たしかに、汗はしょっぱい。

うどんは塩分多めなのに、スパゲティは塩分ゼロだった。それで、スパゲティはゆでるときに塩をいれるんだなあと納得する。ならば、塩をいれずにスパゲティをゆでれば、簡単に減塩できる。そんなところからはじめた。

和食より、洋食のほうが塩を使わない。とはいえ、中性脂肪の低さは、日の丸に軍配があがる。

調味料は、あらかじめ和えるよりも、食べるときにかけたほうが、食べたときに塩分を濃く感じる。酸味と薬味をたすと、あざやかな色とさわやかな香りで、ものたりなさが補われるとのこと。

思えば母のおっぱいを離れてからこちら、味をつけずに食べていたのは、しろめしと牛乳、お茶くらい。うみやまの幸の生まれながら持つ味を、ずいぶんおろそかにしてきたと気づく。

ここにほんのすこし、なにかを加えるとしたら、なんだろう。ゆでたブロッコリーを、そのままかじって考えてみる。

ステーキにかんきつ類をしぼり、塩をぱらり。ゆでだこに、柚子をしぼって辛子をたらり。調理は簡略化され、ならべてみると、なんとも切っただけ、ゆでただけ、焼いただけ。博物館で見た縄文人の食事によく似ていた。

むかしのひとの食卓は、家族や仲間と火をかこみ、ひもじさも豊作もわかちあい、ひとつこころがなによりのごちそうだった。はるかな焚火をうかべ、仲間になったつもりで食べると、ひとつまみの塩の味もはっきりわかる気がする。減塩のおかげで、調理の道すじもすこしかわったかもしれない。

朝昼は、減塩の実験に励み、夜は塩分無礼講。あきっぽいので、四角四面にやると続かない。ぞんぶんに飲み食いしたら、帰りはひと駅歩いて帰る。

東京というのは、ほんとうに散歩のたのしいところで、晴れた日はおおきな公園まで、雨の日は、銀座や新宿の地下道をくぐってデパート見学。もともとぶらぶら暮らしていたので、はや足ぐらいは苦にならず、よく歩いた日は、よく眠れる。これも遠足とおなじだった。

ネオン街から十五分もはなれると、星をかぞえることもできるんだな。縄文ぐらしのおかげでそんなことに気づいた。

花の香り、街路樹の芽ぶき、しんとした夜を歩くと、季節のちいさなことづても聞こえてくる。

厨夏の陣

ラジオ体操、そうじ、洗たく。

ふとんを干して灼熱のベランダからもどると、長椅子にばったりのびた。

暑い、だるい、やりたくない。このみっつは、独身者の天敵なので、えいやと起きあがる。とっておきの即効法で、夏ばてを退治する。

……暑さでよごれがゆるむから、大掃除は夏がいいんですよ。

五年まえ、ビストロのマダムに教えていただいた。このお店は、窓も厨房も、鏡のように磨いてある。
①踏み台にのぼり、換気扇をはずす。
②プラスチックの枠と羽、ねじ三本。水にくぐらせ重曹を振りかけ、しばしそ

のまま。
③ボロ布でぬぐって、せっけんで洗う。
水は少なく、川をよごさず、手も荒れない。料理上手は掃除上手でもあった。習った要領で、扇風機も洗った。透明の羽が、からりとまわりだす。ちょっとすがすがしい部屋になる。

ひとつさっぱりすると、ほかのくすみが気になって、食器棚のコップをみがいてみる。いただいて半年間使わなかった景品の小鉢は、バザー出品用の段ボールにうつした。

二十年も自炊していると、食器はじゅうぶんたりている。それでもこのあいだ、ぼんやりしてパン皿を割ってしまった。おなじものを買いなおすか、新しいものをさがそうか、まだ答えが見つからず、けさも暫定代打の大皿にトーストを一枚、さびしい感じですませた。

ガス台と、流しも拭く。水仕事が苦にならないのも、いまのうち。脳みそは、すでに暑さが、すばらしいものと判断している。そのままだまして、床も磨いて、小休止。ほうびの麦茶も、すぐ汗になった。

手足にエンジンがかかっているものの、頭のほうはすこし涼しくなったので、半年放っていた引きだしの整理にとりかかる。

流しの両わきにある引きだしは、詰めこみすぎて、ときどき開かなくなることがある。ワインの栓ぬきがつかえて、あかない。力いっぱいひっぱって、がしゃんとあく。手に衝撃を受け、痛くてかっとする。こんなのは夏をさらに暑苦しくしていた。

入っていたものをすべて出し、引きだしを拭き、アルコールを吹きつけ、虫よけを置く。

左の引きだしは、スプーンやフォーク、庖丁、おろし金、皮むき、各種栓ぬき、レモンしぼり、缶切り、袋の口をとめるクリップが入っている。みぎには、箸置きと豆皿と盃。ちいさい瀬戸ものを入れてある。

そのままもどせば、またひっかかる。

おろし金をつかみ、パズルのように、出したり入れたり。そうして長考の結果、クリップと皮むきは別の場所に移動となった。あいた場所には、あき箱で仕切りを作って、みじかいスプーンとフォークを入れた。

みぎの引きだしも、おなじようにふきんで拭いて、しまっていく。

それにしても箸置きは、いつもふたつ買うのに、食べているわけでもないのに、なぜだか気づくとひとつきりになっている。みじかいスプーンとフォークもそうなる。こちらのほうは、弁当もちで神宮球場にいくので、打った、走った、入った、ばんざーいと騒いでいるうちに、落として帰ってくるらしい。

しゃがんで、流しのしたの扉を開く。ここにはフライパンの大小、両手鍋の大小、土鍋、雪平鍋、焼き網。

ここに新参のタジン鍋というのがまざり、スクランブル交差点のようになっている。

ことしのはじめに、結婚式の引出物にいただいた。

使いかたがよくわからず、きょうまでおくの暗がりに置いていた。モロッコは暑いところらしいから、夏なら便利に使うかもしれない。

せっかくこんなにかわいいお鍋なんだから。

ふたを持ちあげ、なんとなく、とりあえずかぶってみる。モロッコには、タジンさんという料理上手のおじいさんがいたのかもしれないね。おじいさんは、こんな三角帽子をかぶっていたのかもしれないね。こんどちいさいひとが遊びにきたら、ほらを吹いてやろう。

にわかに情がわいて、流しのしたから冷蔵庫のうえに引越していただく。この夏の自由研究は、タジン鍋料理と決めた。

町で食べたタジン料理は、焼く、蒸す、煮るの三位一体という感じだった。

魚や肉を焼いてから、野菜を入れて蒸し煮する。肉や魚の脂やうまみを、豆や野菜が吸いこむ。野菜には、水気を出すものと吸いこむものがあるから、組みあわせと香辛料の使い方が要点と覚えた。ヒットアンドラン、つないでもう一点という感じ。

下ごしらえをすませて、ひと区切り。シャワーをかぶった。それから、さっそく、タジンじいさんに働いてもらう。

いちばんかんたんに、ありあわせの野菜を、いつものトマト煮にしてみた。十分のち、ふたをあける。いつもより、色つやがくっきりしている。パンにのせて味見をすると、トマトもピーマンも、いつもより味が濃い。早い、うまい。三角帽子には、圧力鍋に似た効果があるのかもしれない。ひょうきんで、有能なんてかっこいい。

明日は、焼いて、蒸してみる。あさっては、焼いて蒸してから、煮てみる。こんな算段は、吹奏楽部時代の合奏に近い。それぞれの旋律が吹けていてはじめて、音をかさねられる。夏じゅう、体育館で練習していたなあ。熱血三年間の音色が響く。

オレンジの鍋がある台所は、三時間まえより朗らかに見える。

はるばる東京に、ようこそ。ぴかぴかの流しとガス台でお出迎えできた。

厨は、夏の陣も無事すんで、もう夕方。

暑いよー、だるいよー、ビール飲もうよー。

仕事帰りの夏ばてさんから、そろそろ電話がくる。

八百万の湯気

ひとりぐらしが長いので、ついひと目を忘れて失敗する。

買いものをしながらの、ひとりごと。さっきは、横断歩道ではな歌を披露していた。気分よく声を高くして、いっしょに待っていたひとが、くいとこちらをむく。目があったとたん、顔から火がふいて、反対方向に駆けだした。

そとでもそんなふうだから、部屋のなかにカメラを据えたら、きっとさながらひとり芝居。風呂につかればほうけているし、机にむかえば奥歯嚙みしめ息をつめ、怒ったり泣いたり、ぶつぶつうなっている。そっというと、じぶんで出した声に、びっくりすることもある。

いちばん機嫌のよい顔でいるのは台所にちがいなく、ひとくち味をみておいしい。うなずいたり、へららと身を揺らしたり。

秋風吹いて、煮しめやけんちん汁、具だくさんを作るのが楽しくなる。かたちをそろえて、切っていく。煮汁がこっくりからむ。しあげに炎をあげて、両手で鍋を持ち、ざっと振る。そんなときは、こころも腕も躍っている。

板前さんは、真剣勝負。秒刻みの技で、最高の美味を引き出す。お母さんの料理がおいしいのは、ほほえみのだしが入っている。うちそとの、いちばんの違いかもしれない。

ほほえむのも、食べるのも、ひとり。とはいえ、感傷ばかりでしんみり過ぎるには、秋はあまりにおいしいものがそろっている。むかいあうひとがいなくても、菜っぱをきざめば、朝早く収穫してくれた友人がいるし、味噌汁を作れば、旅先でたずねた糀やさんの、やさしい奥さんがなつかしい。

作り手がわからなくても、毎週五〇グラムのコーヒー豆をひいて、面倒がらずわけてくれる喫茶店のマスターのこだわり、顔を見たとたんおすすめの四合瓶をつかんでいる酒やのおじさん。それおいしいですよねとひと声かけてくれる、コンビニエンスストアのお兄さん。

ひとりごとのいいわけをすれば、いただきます、こんにちは、ありがとう。このみっつは、おなじ意味と思っている。

声にすれば、だれかといられる。

小鍋がわいて、ゆでこぼす。それから、もういちど水から弱火で三十分。そのあいだに、もち米を、やさしく洗った。水にそよぐ手のひらに、ほっとしている。おととしの秋から、お赤飯をふかすようになった。だめだと思った田んぼに、ようやく実りました。みなさんで食べて下さい。宮城県東松島市の方が、お手紙と新米をどんと届けてくださった。

震災の年から、友人たちとちいさなバザーをしている。ささやかな売上を、東松島市に送る。ことし一月で、二十三回めとなった。

衣類、食料、暖房日用品。震災直後、春の遅い東北では、なにもかもが不足していた。

友人が、知りあいの住む東松島のためにと呼びかけて開いたバザーは、いままでは部活動のような楽しみになっている。なにもできないけど、いちばん長く続けることをめざそう。そんなことではじめてみると、ちいさな売り買いにひとの輪が生まれ、みんなで話しあえる場となっていく。役にたつことも、いくつかあるものだった。

そののち、じっさいに東松島をたずね、広大な更地となった海辺の痛ましさ、閉鎖された駅に立ちつくした。そのいっぽうで、田植えの終わったばかりの早苗のあおさ、早朝の海には、牡蠣の養殖場に船が出ていく。あいさつを交わす方がたの背はたくましく、はるかむかしのひとたちとおなじように、まっすぐな目の、尊い姿だった。

はげますほうが、はげまされる。

被害地で活動をするボランティアのみなさんが、くりかえし口にされていたことを思い出す。八百万の神さま、ありがとうございます。特別な新米に、手をあわせた。

宮城県の誇るひとめぼれと、もち米を、それぞれ一升も送っていただいたのだった。ひとめぼれは、バザーのときの昼ごはんにいただくことにして、もち米をみんなでわけた。料理上手なひとがいて、お赤飯は、もち米をあずきの煮汁になめに浸しておけば、あとはふつうに、炊飯器で炊けると教わった。

友人の声を耳のなかに入れて帰り、あずきの炊きこみご飯を作るつもりで、いつもの鍋で試したら、ぴかぴかのお赤飯が炊けた。それから、おもしろがっていろいろ試して、いまは、ちいさな蒸し鍋でふかしている。

そういえば、この蒸し鍋も、バザーで買った。参加者は、三時までは買ってはいけないルールがある。あのお鍋、売れませんように。腹のなかで欲ぶかく祈っていたのは、よくないことだった。

いただいたもち米を食べ終えるころには作りなれて、もち米を買うようになった。近くのお米やさんも、宮城のもち米を入れていたのはうれしいことだった。ほんとうは、お祝いのときの特別なお赤飯なのに、くたびれ、しおれたときほど食べたくなる。土俵ぎわに、もうひとふんばり。ごま塩をぱっと振り、力をいただく。

鍋がちいさいので、二十分ほどでできあがる。とちゅうで二、三度ふたをあけ、煮汁をかける。火をとめたら、うちわであおぐと、つやが出る。手間といえば、そのくらい。

打ち水をするたび、うす桃いろだったお米が、あかく染まっていく。

ありがたいなあ。

ひとり声に出せば、あかくあたたかく、八百万のいのちの息吹。

ハナハトマメマス

いんげん、金時、あずき。大豆は、しろとみどりと、二色。

あきびんにならべている豆は、いろんな旅のおみやげ。りっぱな丹波の黒豆は、好物と知っている友だちからの、クリスマスとお歳暮をかねての贈りもの。ながめているだけで、うれしくなる。ダイヤモンドをもらうより、おそらくずっとうれしい。

京都にいくと、ありがたいお寺さんよりお社より、まっさきに錦市場の豆やさんにいく。

ご夫婦でしているお店があって、おふたりをお豆の先生と思っている。世界じゅうのめずらしい豆があって、秋に出かけたときは、空豆を買った。

……おおきい豆さんは時間かかるけど、そのぶんおいしいな。もどしかた、煮かたを、親切に教えてくださる。がんばって煮てね。包みを渡されると、はるばる来たかいがあった。うかがうたび、初詣をすませたように、古いお札をもどしたように、ほっとする。

豆は、いまでも枡売りで、いちどに買うのは二合まで。ぱらりぽろりとびんに入れながら、ハナ、ハト、マメ、マス。母が習ったという国語の教科書の、おまじないのようなリズムを思い出す。むかしもいまも、花のそばには鳩がいて、枡ではかってこぼれた豆をついばんでいる。あたりまえにも、ふしぎとも思う。

一合ずつ、もどしてゆでる。使いきれなければ、冷凍する。

あずきなら、三回ゆでこぼして、三十分。色よくやわらかくなったら、黒砂糖か、はちみつを入れて煮つめる。メープルシロップの軽い甘みもあう。きょうは、あつあつのぜんざい、明日は牛乳かんとつめたくして、さいごはアイスクリームにかけて。

大豆はおさけの親友なので、のみすけになってから欠かしたことがない。フライパンを弱火にかけて、じっくりと炒る。ぷつん、ぱん。はぜる豆の音をきけば、年じゅう鬼は出ていく。福はうちにいつもいてくれる。

しろい大豆をゆでたら、きざんだねぎ、青のり、辛子しょうゆであえる。ねばねばしない納豆のようで、お燗によくあう。浅草のお店で覚えた。

青大豆は、かためにゆでて塩をふると、さやからはずしてもらった枝豆の状態となるので、つまみだすととまらない。

炊きたてのごはんにまぜたり、もどした切干大根といっしょに、みりんをいれた酢じょうゆにひと晩つける。にんじんや昆布、ぜいたくに数の子をいれれば、りっぱなハリハリ漬け。ゆでたてを、きざんだ野沢菜漬けであえても、冬らしい。大豆といえば、イソフラボン。中年女性の標語もとなえてつまむ。

はじめて豆を煮たのは、高校生のときだった。

受験勉強をしながら、ストーブにほうろうの鍋をのせ、金時やいんげんを煮た。

白状すれば、豆を煮るあいまに、ぼんやり教科書をながめていた。

いまではすっかり辛党なので、あずき以外は、金時豆もいんげん豆もスープ煮にする。

にんにくと月桂樹をいれて、お肉やベーコンと煮こむ。煮つまったら、トマトの缶詰を入れる。最後にとろりと残ったひとさじは、オムレツにかけて、フォークでからめながら食べる。その最後のお楽しみのために、せっせとひと鍋食べつづける。

一合の豆は、ひとり暮らしの三食ぶんをしっかり支えてくれるので、出不精になる冬場は、煮豆があるから、あとは。そんなふうに、はじめに豆ありきの献立が増える。

小一時間、やわらかな湯気に包まれていると、あわただしい年末年始も、どこかの湯治場でほうけているようなこころもちとなる。

からからの豆がふくらむように、ひからびていた心身に、生まれながらの楽観がもどってくる。つづけていた無理、冷えてかたまっていた手足がほどける。

くたびれていたんだなあ。気もちがゆるめば、腹も鳴る。

豆を食べた晩は、へその緒までほぐれるのか、よく眠れる。それで、明日は起きるまで寝ていよう。月にいちど、そんなふうにさぼる。

あんなにでっかい熊が冬眠するのだから、ヒトだって、起きたくなるまで寝ている一日があっていい。

そうして、目ざまし時計をかけるかわりに、また豆をひたし、ふとんにもぐりこむ。

目がさめたら、おおきな空豆をゆでてみよう。そう思うだけで、明日が待ちどおしい。果報は寝てお待ちなさい。台所では、水を吸いはじめた豆が、ぷくんと泡をのぼらせている。

子どものころに読んだ絵本では、森に住む熊さんがスープを煮ていた。図書館に、あの本はまだあるのかな。明日は、こども室をのぞいてみよう。

目がさめたら、楽しみが待っている。森で眠る熊たちも、そうだといい。

日曜の若菜

小松菜をきざんでいた。

ざくり、ざく。庖丁をとめ、おさえている手もとを見た。りっぱなしろい根が、あちこちを向いている。これは、大丈夫。

水にさすと、三日でちいさな葉っぱが出た。洗たくを干すとき、鉢に植えた。雪になったり、雨を待ちわびたり。東京の空のした、放ったらかしにしておいたのに、けさの一椀にちょうどいいくらいに育っていた。指さきでそっとつまむ。うれしい。ささやかな土をなでる。

せまいベランダには、芹とパクチー、万能ねぎの鉢も、おなじように葉をのばしている。小学五年のとき園芸部に入って、このお楽しみは、顧問の理科の先生に教えていただいた。土に植えたり、種をまいたり、育てて食べたい。地球上の人類共通の本能と思っている。

君がため春の野に出て若菜つむような、すてきな逢瀬はなかったけれど、夕方の商店街に行けば、目移りするほど、よりどりみどりに菜っぱがあるので、ちっともさびしくなく暮らす。

ほうれん草や小松菜、春菊、おなじみには火を通さずに食べられる品種が増えた。葉が厚いもの、幅広のもの、知らない名まえは買ってみる。菜花は産地によって、長さやつぼみのつきかたもちがう。きいろい花がついていると、ひと束の半分はゆでて、もう半分は、明日まであきびんにさして、おじいさんおばあさんの写真といっしょにながめたりする。

ポパイの好物ほうれん草のあかい軸、芹の根、ほろにがい土の残り香は、おさけを覚えてから好きになった。このごろ、春菊とほうれん草だったり、三つ葉と小松菜だったり、二種類をまぜたおひたしをする。子どものころ、ソフトクリームを食べるときも、かならずミックスを選んだ。三つ子の欲深、五十まで。ソフトクリームは、機械で二分にされるけれど、菜っぱの配分は日がわり。風味の違いに、けさはあたらしい一日と気づく。

料理をするいちばんのよろこびは、湯のなかの菜っぱが、澄みきったみどりの光を放つまで、そのひとときの交歓にある。ごはんと味噌汁と、菜っぱ。世には食べものがあふれているから、家でむずかしいものは作らなくていい。兄とふたりで暮らすことになった春、母はそういった。おかずは買ってきて、目玉焼きくらいつけたらいいんじゃない。

家に、菜っぱがある。鳥や猫を飼えない部屋でも、植物の息づかいと暮らしている。やんわりと、見つめられている気配がある。

みずみずしいうちに、食べ終えます。そう思って買ってきても、若いころは冷蔵庫のなかでしなびた菜っぱをひっぱりだし、おなじくらいしおれたものだった。園芸部のように野菜室の世話ができるようになったのは、満員電車の通勤になれて、弁当もちになってからだった。

二日でひと束を目安にして使いきることを覚えると、べつにむずかしいものが食べたかったわけじゃなかった。そうして、猛烈サラリーマンだった父なら、なおさらよけいにそうだったと思いあたる。

毎週日曜日の朝は、たたき起こされた。父は、はりきってベランダに布団を干し、掃除機をかける。機械のうなる音がきらいなきじとら猫は、押し入れにかくれる。

せきたてられて顔を洗い、ジーンズとトレーナーに着がえる。いつもどおりの日曜の朝、ちかくのとうふやさんにお使いにいく。

ちいさな町の角の店は、じつは都心のホテルにも届ける名店で、日曜も休まなかった。ここの次男坊はとなりの組の子で、寝ぼけ顔で買いにいくのは恥ずかしかった。

夏は絹どうふ、冬場は厚あげ。決まって買うのは、がんもどき。大豆の香が、くふんと甘い。

がんもは、かならず菜っぱと煮びたしにした。菜っぱは、だいたい小松菜で、ときおり変わると、珍しいねとひとくち。そして、やっぱりいつものほうがいいねといいあう。

兄は、菜っぱがぐずぐずと煮とけたようなのが好きだった。そのころは、しょうゆ色に染まった菜っぱを、うへえと思っていたけれど、このごろはよくわかる。

厚あげは、じゅうじゅう焼いて、大根おろしをたっぷり添える。暑くなれば、厚あげが冷奴になる。あとは、あじやかますの干物と季節のつけもの、ほうれん草のごまあえ。一年じゅうおんなじの、日曜日の朝ごはんだった。

平日は、四人家族はべつべつに、トーストとコーヒーとりんごを、あわただしく食べていた。日曜の朝だけは、四人そろって食べた。

土曜の夜になると、また明日はとうふやに買いにいかされるなあと思う。いやいや出かけても、食べてしまえば、やっぱり小野田くんちのとうふは、おいしいよねといった。それからそれぞれ、新しい一週間にそなえる。二十歳になるまで、この日曜日をくりかえした。

いまでは、家族の食卓からも、通勤電車からも卒業してしまった。

おんぼろアパートでひとりぶん、毎日が日曜日のような自炊をしている。

菜っぱとがんもどきの煮びたしは、どれほど作りつづけているのか、わからない。長旅から帰ったり、くたびれているとき、食べたいなと思う。緊張しないで作れるから、友だちにも出す。なんだか、ほっとする。おだしをすすって笑いあう。

そうして、ほろ酔いの友だちの多忙な日々をきくと、モーレツ銀行マンだった父の日曜日が、またちくりとよぎる。

朝の秘策

いつまでも眠たい朝がある。

つめたい水で顔を洗っても、ラジオ体操で手足ふりまわしても、濃い苦いコーヒーで活をいれても、あくびはやまず、目玉はとろり。ごろんとふとんにもどりたい。

町じゅうに冷房が入り、外に出ればじりじり焼ける。気温差と多湿で、からだはどんより重たい。そんな夏の不快指数がぐんとさがる秘策を、このたび発見した。ひとに話せば、単純すぎると笑われる。

サンドイッチをかじる。それだけで、びっくりするほど目が覚める。

思えば、春のあけぼのから眠かった。商店街のパンやさんの新商品は、ミニ角食。保育園に通うお孫さんが、かじりやすい食パンを作ってほしい。娘に頼まれちゃってさぁ。お店のおじさんは、うれしそうにいった。

ミニ角食は、ふつうの食パンより、ふたまわりちいさい。保育園児なら厚切り一枚。おとなは、二枚。お年寄りにも好評で、こっちのほうが先に売り切れてしまう。

薄切りと頼み、機械をぐっと見る。しろいうわっぱりのおじさんは、機械でするする切る。子どものころは、おつかいのたびに厚切り薄切りがこんがらがって緊張した。トーストなら厚切り、薄切りならサンドイッチ。薄切り二斤おねがいねといわれた日は、朝はごはんで、お弁当がパンになるとわかった。

駅からアパートまでの道は、ぽつんぽつんといい店がある。目利きのやおやさんで、レタスと新玉ねぎ。いろとりどりの緑がならぶ店さきは、都会の名庭園なので、毎日のぞきたい。きゅうり一本、トマトひとつ。おじさんはいやがらず、はかり売りしてくれる。

お肉やさんで、ハムを切ってもらうときも、パンやさん同様、機械が見たい。

シャクーン、シャクーン。規則正しく滑る刃の音は、すがすがしい。おとなりの惣菜やさんは、奥さん特製のポテトサラダが大好物。あげたてコロッケとアジフライにもよろめいて、晩のおかずは、もりもりととのう。

明日は、なにサンドにしようかなあ。買いものかごをのぞき、きょうからこの道は、サンドイッチ商店街。こっそり名づけた。

寝るまえに、レタスを洗って水気をふく。玉ねぎは薄切りにして、塩をまぶしておく。

あとは、明日のお楽しみ。楽しみをぶらさげて寝るのも、目覚めのよさに効果がある。

そうして、けさもまぶしい、まっさらな朝だった。

しかめっつらで体操をして、熱い苦いコーヒーでぼさぼさ脳みそを揺さぶり、ひと仕事した。ちびえんぴつを動かしながら、背なかは食パンの包みばかり気にしていた。

もうろうと終え、お疲れさまでした。

机を立つなり、冷蔵庫のきゅうりをつかんだ。おなかすいたすいたすいた、すいちゃったんだよう。いんちき節を歌うほど、機嫌がよくなる。

きのうの晩は、あげものとポテトサラダを食べた。はさむつもりだったトマトは、酔っぱらって、まるかじりして、腹のなかにある。それで、きょうは、きゅうりサンドとなった。

トーストは、ちょっと焦げたほうが好きで、網で焼く。ごく弱火、片面一分。塗るのはマヨネーズとマスタード。

塩玉ねぎをのっけて、きゅうりを包丁で削ぐ。レタスは、百万円の札束ほどはさむ。自家製は、レタスを存分にはさめてうれしい。またパンをのせて、手のひらで、ぎゅう。

そっとつかみ、じっと見て、いただきます。

がぶり、さくり。りっぱな歯形がついた。

慎重に両手で持ち、これからからだに入るものを、より目でよくよく見さだめる。思いきり、あーんと口をあける。この行動によって、人体は覚醒をもよおす。

パンのない日に、おむすびをかじってみたら、やっぱり元気に目が覚めた。大口開放覚醒法。世紀の大発見と思っている。

あっけなくたいらげると、机には焦げたパンくずが散らばっている。ちびすけ時代は、トーストがいやで生パンにジャム塗ってちょうだいと頼んだ。食は細く遅く、家でも幼稚園でも、しかられながら食べていた。教室にひとり残され、ぐずぐずのろのろ、ひとりぼっちのほうがあわてないから、みんなが食べ終わるのを待っているところもあった。

サンドイッチの日は、うれしい。いちごのジャムサンドとハムサンドが、交互につめてある。みみを切ったパンは、しろくてふかふかで、うさぎさんのおなかみたい。

幼稚園にはうさぎがいて、みんながかわりばんこに家からえさを持ってきた。うさぎたちは、うさぎにしては変わっていて、にんじんの切れっぱしより、パンのみみが好きだった。両手で、ジャムサンドを持つ。窓からいちょうが見えた。あの木のしたに、うさぎ小屋がある。うさぎは、もうパンのみみ食べたかしら。

うわのそらで、二枚のパンがずれてよじれている。

ぬるくなった牛乳を飲みほせば、待ちきれない仲よしが呼びにくる。きゅうにぱくぱくかじると、うさぎ小屋に駆けた。

さっきまで世紀の大発見と思っていたけれど、なんのことはない、初心に帰っただけだった。

暑いまぶしい窓からは、むかいの家のいちょうも見える。

菊花のころ

とほうにくれた夏も、ひと雨ごとにしっぽが見えてきた。すこしずつ夜空も深くなり、星はくっきり冴えてくる。

月見て一杯、夜はゆったり長くなる。

三日月がのぼれば、クロワッサンとワイン。半月の晩は、板わさでおさけ。ぽわんとやさしい十六夜には、水餃子。紹興酒は、そろそろ温めてもいいころとなった。

若いころは、千鳥足にこうこうとついてくるお月さまに立ちどまっては、あれこれ胸のうちをきいてもらったものだった。今宵は、窓を見あげるうち、出かけそびれて、そのまんまとなった。

うさぎがお餅をつくところ。かぐやの姫さまのご実家もある。月の宮には、地上ではきくことのできない、それはそれは美しい音楽が流れているときいた。きょうはなつかしい音楽をちいさくかけて、ぼんやり酔ってみる。

寝床の窓には、月の光がさしてくるので、十五夜前後のいく日は、灯りがいらない。

夜中に目がさめると、しろい光がふとんにひろがっていて、指できつねをこしらえて、お月さまに見せる。

静かに目を細めるような光を浴びて、きつねの心の底までお見通しなんだ。それで、安心して、まぶたが重くなる。

いつかの秋に旅した土手には、きつねのしっぽみたいなすすきの海があった。東京のひとは、すすきを買うんだってねえ。見ほれていると、おばあさんが笑った。きゅうにあらわれたあのひとは、きつねだったのかもしれないな。また目をとじる。

桔梗、りんどう、秋の花は、姿も香りも背すじが伸びる。彼岸にかけては、いろんな菊が咲くのもいい。

むかしながらの大輪、ポンポンのような小菊。暑さであわただしくしていた部屋も、一輪の菊にすがすがしく清められ、ほうと息をつける。じっさい沈静作用があって、むかしは菊の枕に頭をのせ、よく眠れたという。

いまも、重陽の節句には菊酒を出してくれるお店がある。

そうして待ちどおしいのは、秋の終わりの、もってのほか。

東北では、菊の花を食べる。もってのほか、おいしいから。ご紋にもなる花を食べるなんて、もってのほかである。名まえにはいろんないわれがある。

しなやかな、濃いむらさきの花弁を、がくからはずして、お酢をいれた湯でさっとゆがく。

ゆがいて水にとった瞬間の、鮮やかに澄む紫に見とれつつ、けっしてしぼってはいけない。

ざるにあけ、しぜんに水がきれるのを気ながに待つ。そうしないと、花弁は無残にしなびてしまう。昼のかたづけついでにゆでておくと、晩酌のころにちょうどいい。せっかくの夜に、なにして遊ぼうか。ぽたんぽたんと水の落ちる音をききながら、たのしく迷う。

甘酢にひたす。ちらしずしもいい。

ゆがいた菊を、味噌と鰹節の粉とあえて、冷蔵庫にいれておく。お湯でとくと、即席のお椀になる。

……この菊味噌は、日持ちがして、とっても便利よ。これと漬けものと、新米のおむすびがあれば、なーんにもいらない。

湯宿のおかみさんが、覚えておきなさいと教えてくださった。元気な秋田ことばも思い出す。

いちばん好きなのは、秋の味のからどりと、ごま酢あえにする。

からどりは、ずいき芋の茎で、秋の終わりに収穫される。東京では干物しか見つけられないので、毎年季節になると、母に頼んで送ってもらっている。

おおきな鍋に湯をわかして、塩をたっぷりいれる。皮をむいたからどりを入れて、あおあおとしたら、三十分ほど流水にさらして、えぐみを抜く。

さくさくとした歯ざわりと菊の香り、紫とさみどり、いろどりのよさ。くちにいれればひんやりと、秋の畑の息が聞こえてくる。

もちろん、干物にすれば、一年じゅうおいしい。あぶらげと煮たり、味噌汁にもいい。からどりの親の、ずいき芋のほうは、まんまるに皮をむき、おだしでじっくり煮ふくめ、おでんにする。

はじめて中国を旅したとき、中秋の名月を見あげた。

悠久の夜の広さ。からだごと吸いこまれそうな月が、虫の声をかきわけ、どーんとのぼった。あたりは、ずっと遠くまでしろく明るく、みんなぽっかり笑っていた。これが、詩人たちがあおいだ月なんだ。口をあけてながめた。

日本の月見といえば、おだんご。中国では、月餅がたくさん売られていた。きれいな缶かんに入っていて、親しいひとどうし、贈りあう習わしだった。

餡は、小豆だけでなく、蓮の実や緑豆、なつめや木の実が入っていたり、ココナッツも、つややかに焼きあげた皮の香ばしさによくあった。

ひと恋しさを月に託すこころもちは、中国も日本もおんなじだなあと、店みせの繁盛をのぞいて歩いた。
月を見て、おぼろ酔い、しみじみものを食べる。
見あげながらふと黙れば、もう会えないだれかに会える。

おめでとう、おめでとう

昭和十五年、干支は辰。

新年早々正月二日、母は喜寿をむかえる。毎年、あまりにめでたいまっただなかなので、うっかり誕生日を忘れてしまう。

大みそかは、神棚仏壇に花とごちそうを供え、今年もありがとうございました。うやうやしく頭をさげたら、台所は休む間もない。

家族がそろうのはお盆いらいだから、母はもちろんはりきって、年越しそばにたどりつけないほどごちそうをならべる。それと並行して、おせちと雑煮のしたくも進めていかなくてはいけない。この段取りを続けているうちは、心身ともに大丈夫でしょう。切る、洗う担当として、ならんで立って、安心する。

そして元旦、あけましておめでとうございます。

雑煮とおせちで居間に集い、年賀状をまわし読み、あのひとこのひとどうしてる。食べては飲み、うつらうつら。年末のくたびれもほどけ、元日は明けたとたんに暮れてしまう。そうして、また宴会。お正月は年にいちどなんだもの、いいよいいよと飲み食いする。

その翌日は、毎年恒例の親せきの新年会に呼ばれていく。

おじさんおばさんにビールをついでまわり、ことしもよろしくお願いします。そうして、ようやくコップを握った、その瞬間。

……あ、うちのお母さん、きょう誕生日だ。

とうの本人も、あれそうだったといったりする。

おめでとう、おめでとう。毎年こうして、ひとまとめの乾杯となる。

祖父が海軍にいたので、母は横須賀に生まれた。そののち舞鶴に移り軍港に暮らす。戦時中にちいさな弟を亡くし、おなじ年に父親も南の島で戦死した。古いアルバムのなかには、丸顔おかっぱの女の子が、お人形を抱いている。お友だちの笑顔のなか、たよりない細い手足で、ものいいたげな大きな目をしている。

高校を出ると洋裁を習い、銀行に勤める父と結婚。転勤暮らしは、東北各県から東京へ。そのたび住む町で洋裁の職をさがし、三度のご飯のしたくのあいま、ミシンを踏む。

ただいま、おかえり。

夕方から、遅くまで、いつもミシンの音がした。めがねを頭にのせ、首から巻き尺をさげ、紺や茶色のセーターに、布の切れはしや糸くずをくっつけていた。

猫を飼うようになって、そこに猫の毛もまざるようになった。

三代めの三毛が死んだから、猫の毛のぶんはきれいになったものの、母は現在もおなじかっこうでいる。

祖母と暮らすために東京から東北にもどってからは、親せきやお友だちに頼まれて洋服を縫っていたら、手仕事好きの仲間が増えて、いつしかちいさな洋裁教室の先生になっていた。帰るたび、生徒さんたちとの楽しいはなしをきく。手に職を持つ人生の豊かさは、母の人生によって証明された。

裁縫はぜんぶおまかせで、学芸会のきつねの衣装や就職活動のワンピース、いまだにここ一番のときは縫って作ってと服生地を送っている。

むかしと違うのは、いくらか料理を手伝える。それから、一日の終わりに、寝酒の御相伴ができるくらい。

……たくさんは飲まなくていいんだけど、一日の終わりは、これを一杯飲みたいの。

コップに氷をつめて、たらりとそそぐ。ああ、おいしい。からんとグラスを鳴らす。ここ数年は、鹿児島の芋焼酎が気に入って、深夜のテレビをながめ、ちろちろと飲んでいる。

いただきものを飲んでみたら、とてもおいしいの。近くのお店に一升瓶が置いてあるんだけど、抱えて帰るのは恥ずかしい。それで、毎年誕生日のプレゼントには、焼酎の一升瓶を贈呈することにした。

このごろは、新年早々店もあく。初売りのめでたい焼酎一升をぶらさげ、雪道を帰る。雪雲をぬって白鳥の群れがいく。親孝行したつもりで家にもどり、はい、おめでとうさんです。母はお礼よりもさきに、よくまあほんとに恥ずかしくないもんだねえとあきれ、ありがとさんと受け取ってくれる。

勤めを持つ兄夫婦が東京にもどり、三が日がすむ。ふだんのものが、食べたくなる。

きょうは、あるものでいいね。

残ったおせちをならべ、ストーブで芋や大根をくつくつ煮てみる。ストーブのとろ火は、やさしく味がしみる。東京のアパートでは灯油ストーブが禁止なので、いつも楽しみにしている。

父も母も食いしんぼうで、あちこちを旅して覚えた味を、よろこんで食べてくれる。

まえに鹿児島から、おおきいまるい大根を送ったことがあった。

桜島の大根は、火山灰を養分に育てていた。畑を訪ねると、西郷さんにそっくりの眉をしたおじさんに、抜いてごらんといわれた。身をかがめると、大根よりさきに腰がぬけ、尻もちをついた。錦江湾をのぞむ、すがすがしい畑で、おじさんに、豪快に笑われた。

あの大根は、とろけるようだったねえ。十年よりもまえなのに、ほんとうにおいしかったといまもいわれる。

鹿児島で覚えた郷土料理のとんこつは、ブタのスペアリブを黒砂糖と焼酎でじっくり煮て、大根とこんにゃく、味噌を入れてさらに煮こむ。

つぎの帰省はストーブで煮て、芋焼酎といっしょに食べてもらう。

桃の宴

三寒四温ときくと、背がつくつくする。やんごとなき瞳に、しんと見つめられる感触。

うちは引越しが多いから、お内裏さまとおひなさまだけでいいの。幼稚園に入るまえに、すこしだけ住んだ山形のデパートだった。

豪華段飾りに目を見はった子どもに、おとなの理屈はきこえない。こっちのおひなさまがいいんだよう。泣いてころげて、手足をばたつかせた。あんまりみともなくて、買っちゃったのよ。あとで母にいわれた。

母の予言のとおり、おひなさまが届かぬうちに、父は東京に転勤となり、再会したのは練馬の社員寮だった。

ひな祭りまで、あと一週間。父と母は、説明書をにらみながら段飾りを組み立てた。客間にあらわれた階段は、ぜひとものぼりたい。すきをねらって、足をかける。一段、タイツが滑って階段が揺れ、がらがらと倒れこんだ。

おもてに放り出され、公園にいく。お友だちに会うと、うちおひなさま飾ってるの、だんだんになってて、いっぱいいるのと自慢した。

五時のチャイムがなって、駆けもどる。

もういいかい、もういいよ。ふすまを開けて、息をのむ。緋もうせんに、十二名。お道具の段には、お菓子としろ酒ものっていた。

……お重に、あられをいれなさい。

みどり、しろ、ももいろ。まるくて、軽くて、うすあまい。くちに入れれば、またしかられる。御所車はオルゴールになっていて、黒い牛がひいていた。ぜんまいをねじって、歌った。

……うちのおひなさまは、お顔のやさしいおひなさまね。

あんなにとめた母も、うれしそうになって、ますます得意になった。

晩になって、きょうはおひなさまと寝る。いいはって、ぜったいに触りませんと約束したけれど、ほんとうは、段飾りのうしろにもぐりこんでみたかった。灯りを消しましょ、まっくらに。ふとんに寝ましょ、ひとりきり。うす目で見ると、ぼうっとたくさんいらっしゃる。しろいお顔を見てしまったら、だめだった。跳ね起き、廊下を走り、居間のこたつにもぐりこんだ。やっぱりねえと笑われた。

弥生三日の当日は、幼稚園でも歌った。おり紙で作ったおひなさまとお内裏さまを、厚紙にはりつけて、見たことのない桃の花の絵をかいた。糊でべたべたになった厚紙をさげて帰ると、台所にケーキの箱があった。いちごもあった。クリスマスいらいのまるい、おおきいケーキにおどりあがる。おひなさまはプレゼントはくれないのかなあ、はやく夜になればいい。

晩ごはんのしたくは、いつもより早かった。ごはんが炊けるにおいがすると、ちょっときてー。のぞくと、うちわを持たされた。

……はい、がんばってあおいで。

母は、しろいごはんに寿司酢をふりかける。母と娘は同時に湯気でむせた。それから、おしゃもじが、さっくり動く。あおぐあおぐ、みぎ手がくたびれ、左手はへたで、しまいに両手で持ってあおいだ。あおげばあおぐほど、ごはんはぴかぴかに輝く。

甘からい具を混ぜ、大皿にうつし、ピンクのでんぶを振りかける。白ごまと錦糸の卵をたっぷりちらし、紅しょうがをちょんちょん散らす。

おひなさまに、あげてきて。母は豆皿にふたつよそった。おひなさまは、ほとけさまなんだろうか。ほかのひとたち、食べられなくてかわいそう。つまさき立ち、いちばん高い段に、そっとのせた。

夜になって、よそいきを着た。すみれ色のワンピースは、親戚のみーちゃんのおさがりで、かわいいすみれの刺しゅうがついていた。

めずらしく早く帰った父に、おひなさまのまえに呼ばれる。こっちむいて笑いなさい。こんどはそこに立ちなさい。カメラをかまえてあれこれいう。はやく食べたくて、もういいようと、指で豚の鼻にしたり、白目をむいた。

いちごのケーキ、ちらし寿司、お味噌汁じゃない澄んだおつゆ。レコードをかけて歌った。しろ酒は、あまりおいしくなかった。兄は、居心地悪そうに肩をすくめて、もくもくと食べていた。

はたちまでは、おなじようなひな祭りだった。しろ酒は大好きになって、右大臣より強くなった。

父がふたたび東北に転勤となり、御一行もそちらに越された。たしか、三十になるころまでは、母がしぶとく飾ってくれていたけれど、お里のひな便りは絶えはてて久しい。みなさまの二十四の瞳は、寒い納戸でずっと春を待たれている。せつなく、申し訳ない。

東京のちいさなアパートには、骨董市で見つけた、ちいさなおふたりがいらっしゃる。

いちごのケーキは三角で、申し訳ていどの桃の花。ちらし寿司もならべるけれど、母の味にはほど遠い。

蛤のお椀でどぶろくを独酌なんて、あのころはまったく想像していなかった。

酔っぱらって、やっぱり歌って、ことしもおひらきとなる。
ぴーちくぱーちく、はりきっておかわりして食べた。
このお寿司が、世界でいちばん好きなんだとほおばる。いまもかわらない。

つるぬる姫

夏の朝。きゅうり一本、とととと、とん。

半分は、サラダやサンドイッチにして、すぐ食べる。あとの半分は、塩をまぶして冷蔵庫にいれておく。輪切り、せん切りは、その日の気分。あっぱれお天気ごきげんさんなら、輪っかにしよか。しんみりしとしと雨ふりさんなら、ほそーく切ろか。窓をながめて、決めている。

ラジオ体操をして、ふとんを干して、そうじ洗たくで汗だくになると、はや昼のしたくとなる。さて朝のきゅうり、どうしよう。

夏風邪をひきかけたり、まえの晩に飲みすぎたり、昼ちかくまでさっぱりしない日もある。そうなると、冷蔵庫や乾物棚をのぞく。かならずある。わかめと、めかぶ。

わかめは、五分でゆらゆらともどり、熱湯にくぐらせれば、すぐさま磯の香りがたちのぼる。

洗って切って、砂糖、お酢、しょうゆをたらり、塩ひとつまみ。だしを入れない三杯酢を作って、きゅうりとあえるのがいちばん好みで、これはよそでは食べられない。レモンとしょうゆで、きっぱり食べるのもいい。せん切りのしょうがをつんと添えたら、ふだんの小鉢もちょっと気どる。

両親とも東北の海辺育ちなので、海藻は毎日かならず、なにかに入っていて口にした。

おあげさんとにんじんの入ったひじきは、お弁当にかならず入れてと頼むし、へろへろのカセットテープのようなあらめは、東京ではあまり食べないらしく、うちだけで食べられる味だった。おとなになって京都にいったら、まるきりおなじものが出て、びっくりした。うちでは四六時中食べていた。京都では、暑いときに食べると、夏ばてしまへんと教わった。

旅をすれば、海底にたなびくものが気になる。もずく、めかぶ、ぎばさ。おなじもずくも、沖縄と北陸では色かたちも、ぬるるつるるもちがう。お国ことばのようなものと思う。どこで食べても、その日の遊び疲れがみるみる抜けるのは、おんなじ。

海藻好きを知る友だちからは、おみやげもいただいた。

出雲のめのはは、わかめを海苔のように板状に干してあって、とろ火で焙ってかじれば、海神さまの宴会にまざったような、豪快な酔いごこちになった。このあいだは、近くのお店で酢のものを出していただいて、わかめがあんまりおいしいので、どこの海でしょうと身をのりだした。

……鳴戸の、天然ものです。

やっぱりなあ。その日から、洗濯機をまわすたび、あのわかめ、ぐるぐるうず潮にもまれて。思いつめ、また食べている。

つるるとぬるると箸でつまむうち、のどから胃までがすっきりする。このなつかしく、どうにもならない恋しさは、ほかの食べものでは湧かない。ひとはほんとうに、海からきたのだなあ、しんみりとなる。ちびすけのころ、好物をきかれると、きゅうりとわかめの酢のものとこたえていたのは、海からあがってまもないころだったからかもしれない。

小学校の夏休みも、毎日のようにわかめの酢のもの作ってといった。そんなら手つだいなさい。ちいさな前かけを渡された。

塩がたっぷりまぶしてあるわかめは、おとうふやさんで買っていた。きれいに洗って、水をはったガラス鉢につけておく。丸太を切るようにきゅうりを二枚ほど輪切りにする。母が見かねて、とととんとやった。

……はい、きゅうり、塩もみして。

ぎゅうぎゅうと握るのは、水あそびよりずっと楽しかった。そして、べろーんと長くのびたわかめを湯にくぐらすと、鮮やかなみどりになった。なんかこれ、本で見たことある。ながめるうちに、母はきざんで和えて、こんなものかしら。ぺろっと味見をした。

そうめんと、甘いたまご焼きと、酢のもの。

かんたんな夏のお昼がすむと、ぽっかり昼寝の時間がくる。子どもというのはへそまがりでぜいたくで、寝ろといわれると、眠たくない。腹に夏がけをのせた母と兄の寝息を確かめると、そっと廊下に抜け出した。廊下の床はひんやりつめたいので、夏場はいつも本棚のまえにころがっている。なんだっけなあ。はじめは、浦島太郎を開いた。竜宮城の宴には目もくれず、わかめわかめとさがす。サザエさんにも、海の絵はない。

わかめなんて、あったかなあ。

ごろんと天井をながめると、あった。ぽんと思い出した。

世界児童文学全集からひっぱりだし、淡い水彩画をめくる。

うつくしいお姫さまたちが、ものがなしい顔をしている。かんむりをのせた長い髪、うつくしいうろこと、魚のしっぽ。いちばんちいさな人魚姫が、人間になりたくて海をはなれる。お姫さまたちの背後に、足もとに、つやつやした若草のようなわかめが、ゆらゆらと踊っていた。

好きな本には、たいていおいしいものが出てきた。人魚姫にごちそうを食べる場面はなく、お姫さまの悲しい純愛はちんぷんかんぷんで、それまでくりかえして読むことがなかった。

……ああ、すっきりした。

腹ばいになって、絵本を開く。おいしそうだなあ。あおあお新鮮なわかめが、鼻さきに揺れている。さっき食べたばっかりなのに、ついぺろり、舌が出た。つるつるの紙をなめたのに、潮の香を吸いこんでいた。

初秋の晩に

夜どおしの雨で、ひさしぶりにぐっすり眠れた。そうして、とうふやさんの店さきで、ひと息迷う。ひたひたと、秋の気配。

ついきのうまで、酷暑にやりこめられていた。とうふやさんに、きょうは木綿、あしたは絹と通っていた。つるんとつめたい冷奴に助けられ、なんとかしのいでいたのだった。

けれども、きょうはちょっと腹《はらわた》のあたたまるものがいい。さすがに湯どうふは、はやすぎる。厚あげも、いいけどなあ。

そんな長考をするうち、常連のおばあさんが、からりと戸をあけ入ってきた。

……きょうは、しのぎやすくていいわねえ。焼きどうふ一丁、おねがいね。

そうだったと、まねをした。煮てよし、焼いてよし。焼きどうふは、酷暑を越えたへとへとの身に、とてもありがたい。

まずは、厚みを半分にする。フライパンにごま油をあたため、弱火で根気よく、両面と側面を焼いた。すでにほどよく水気が抜けているので、扱いやすいのもよいところ。

冷奴ならぬ焼き奴には、しょうゆをたらり。もしくは、塩をぱらり。

あれこれ薬味をのせたいところを、ぐっとこらえると、大豆とごま油の風味が、のどもとから鼻に、香ばしくぬける。お肉のステーキは毎日食べられないけど、こちらのステーキは連日大歓迎。

そうして、今夜はまだ、こっち。栓ぬきを握り、ビールをあけた。

つぎの日は、冷蔵庫の半丁を頭に浮かべてさかなやさんをのぞいた。おすすめは、わらさだった。

わかなご、いなだと海の出世街道を泳ぎ、わらさ。もっと秋が深まれば、たっぷり脂がのって、ぶりとなる。

秋刀魚に鰺に、鰯。青背の魚は、もうすこしあとのお楽しみにとっておく。ことに、焼きどうふと鯖の煮つけは、秋ならではの出あいもので、新米を炊くと食べたくなる。

天が高くなったら、馬も魚もひとも、生きもののからだは肥えたくなるのがしぜんなのかもしれないなあ。見あげる帰り道、空にはまだ晩夏の名残りがあった。皮をむいた茄子と、筒切りにしたわらさを薄味で炊くのは、秋祭りのごちそうで、母の大好物。きょうは、甘からく煮て、焼きどうふにうま味を吸ってもらう。はれのごちそうは、やっぱり日本酒で。

きりりと冷やしておいた。あとは、枝豆にきゅうりのぬか漬け。お膳は、夏から秋へ、バトンを渡すならびになっていた。

焼きどうふ、ください。

きょうは、迷わずたのんだ。

おごって、すきやきにしようかな。撫でさすって相談すると、へそのおくに住む五臓六腑の神さんは、まだまだくたびれている、用心用心と首を振る。それで、おあげも買った。

焼きどうふと、おあげのめおと炊き。どっちが奥さんで、どっちが旦那さんなんだろう。

ちいさめの鍋にきっちりならべて、落としぶたをする。めんつゆくらいの濃いだしで、煮ふくめる。

椎茸やにんじんを入れれば、いろどりもいいけれど、具だくさんで仲むつまじい夫婦が吉本新喜劇みたいにもめてしまうといけない。おとうふの焦げめは、色白奥さんの焼きもちかもしれない。肩をすくめた。

ふつふつ、ふくふく。小鍋は、甘からい音をたてている。ごきげんさんで、よかった。仲よき味も、またうつくしきかな。

腰に手をあて、ほっとしたとたん、くしゃみ二連発。台所の窓を、あけっぱなしにしていた。そうして、はたと気がついた。

お月さんはぐんと光が冴えて、高いところにいた。半ズボンをはかなくなっていた。靴下をはいていた。虫も歌いはじめている。

暑いしんどいというううちに、三暑四涼。ふりむくと、壁にかけた暦は九月も下旬になっていた。それでは今宵から、移行期間といたしましょう。ひとりの部屋で、宣言した。

高校生のころ、九月の最後の十日ほどは、夏でも、冬でも、どちらの制服で通ってもいいことになっていた。半袖ブラウスと箱ひだスカートの夏服に、紺かグレーのカーディガンをはおる。冬服なら、上着ははおらず、長袖ブラウスと、ジャンパースカート。その十日ほどは、学校のなかにすこし気楽な風が流れていた。文化祭の準備もはじまるころで、泣いたり笑ったりもいちだんとにぎやかに、三暑四涼。そんなふうに過ぎる季節が好きだった。

おさけは常温でよくなった。サラダはおひたしにする。冷奴は、また来年。そうして、あつあつラブラブとなったためおと炊きに、箸をつける。盃にくちをつけ、壁に貼ったお知らせをながめる。

お母さんになったひとたち、海外でもりもり働いているひともいる。
みんな、どうしているかしら。移行期間なんて、覚えているかしら。
卒業から三十年。この秋、同窓会がある。

冬の旅

木枯らし歌う夕方、窓から見えるいちょうの根もとに、黄金の輪っかが降りつもっている。

買いものに出たくないなあ、なにかあったかなあ。冷凍庫をのぞきこむと、ベーコン、ゆでた白いんげんに、かぼちゃのピューレ。トマトソース。友だちのおみやげの、四国のじゃこ天もあった。

じゃこ天は、あんがい赤ワインにあう。白いんげんは、ベーコンとトマトソースで煮て、パスタ。かぼちゃのスープもつけたら、しっかりあったまる。休日の午後、かんたんな保存食をためておくのは、こういう日のためだった。

冬本番になると、ここに鮭の粕漬けが加わる。東北の山のふもとで、親せきが孵化場をしている。毎年漁がはじまると、いくらといっしょに送ってくれるので、とても助かる。

その家には、三年まえまでは、祖母の弟の大おじさんがいて、帰省するたび、会いにいくのを楽しみにしていた。夏は、田んぼと畑で働き、冬になると鮭の仕事。大おじさんは、たっぷりしたからだで、日に焼け眉が太く、絵本のなかの熊の父さんみたいだった。

孵化場から放流した鮭は、北の海で成長し、晩秋から初冬にかけて帰ってくる。送り出すのは、ほんのひとまたぎの小川。けれど、山の伏流水は、夏でもきっとなるほど冷たい。

遡上の時期には、川の水が、ぜんぶ銀いろの鮭になったみたいになるよ、見に来たらいい。ずっとそういわれていたのに、学校だ、仕事だといっているうちに亡くなってしまったのを、こころ残りにしている。

北海道を旅したとき、アイヌの家のいろりにも鮭が吊るされていた。いぶした鮭は冬場の大事な栄養になるときいた。潮の匂いの近い河口では、鮭漁がおこなわれていた。

りっぱに成長した鮭は、川に渡したしかけの柵を、なんども跳ねて飛び越えようとする。水しぶきをあげるからだは、ずいぶん傷がついていて、岸では、鷺と鴨、空にはトンビが、力尽きてしまうのを待っていた。この川の上流は、やはりけわしい稜線の山がそびえていた。うまく逃れてのぼっても、そこには冬眠前の熊たちが待ちかまえているのだった。帰らずにいられない。鮭は、天命として川をのぼる。この本能に、神さまはどんなお気もちを込めたのだろう。

冬になれば、鮭といくらをたっぷり食べて育った。ありがたい鮭を、いろんな生きものとわけあって、食べてきたんだな。そのあたりまえを、ようやくこの目で思いしった。

白鮭、紅鮭、銀鮭に、キングサーモン。鮭のふるさとは、日本だけではないので、買いものに出ると、いろんな国から届いた鮭が売られている。

……北海道と東北だって、顔つきが違うよ。ロシアから来たのは、やっぱり彫りが深くて、鼻が高いよ。

青森の市場のおじさんには、冗談ともほんとうともつかないことを教わった。アラスカを旅したときは、おいしいサーモンステーキを食べた。鮭のトロの部分はアラスカのひとの大好物で、冬場のごちそうとのことだった。日本から来たというと、お店の女性が、これがいるでしょう。おなじみの醤油の瓶をもってきてくれた。

夜空にオーロラの舞う、息も凍る夜。冷えてきしむ骨身に、鮭の脂がゆきわたる。鮭はいつでも食べること、生きることの連鎖を教えてくれる。

大おじさんの家の鮭の粕漬けは、味噌と酒粕をまぜたものに漬けてある。焼いてもいいし、そのまま粕汁にしてもとろりと美味。じゃがいもや里芋、大根、にんじん、とうふ、長ねぎ、それとにんにくをひとかけいれる。芹をちらすと、いろどりも香りもぐんとよくなる。ちょっと風邪ぎみというときに食べれば、腹も背もほくほくとして、ひと晩眠ると抜けている。味がしみて、身がほろほろと煮くずれたときがいちばんおいしいので、多めにつくって、つぎの日も食べる。

北風とともにふるさとをめざすのは、鮭ばかりではない。

年末年始の帰省ラッシュというのも、ほんとうは、暦や月の満ち欠けにひとのからだが反応しているのかもしれない。ぎゅうぎゅう混雑して帰る苦労を、江戸っ子がうらやましいというのも、へその緒からそんな情報が流れているからと思えば、おもしろい。

そうして今夜は、寒いアパートに、ことしのお米、鮭いくらが届いた。

ありがとう、お正月に遊びにいくね。

お礼の電話をしようと荷をのぞきこむと、おばさんからの手紙に、気がかりなことが書かれていた。

……今年はなぜか、もどってくる鮭がすくないようです。海水温度も、高いようです。

いのちがけで、つぎのいのちのために旅をしてくる。木枯らしをききながら、地球儀をまわし、虫めがねで海と山をつなぐ。

銀のうろこのはるかな帰省を、たどってみる。

IV

蜜ゆるむ

巣ごもりの四季・春

朝のトーストに、はちみつをたらす。

一二〇〇グラムいりの大瓶に、柄の長いスプーンを深くいれて、ひとーつ、ふたーつ。

四隅くまなく、すみずみまで塗ったら、いそいで皿にのせ、机にはこび、すわり、かじる。

香ばしさ、蜜の香り。一日でいちばん幸福な、ひとくち。

ゴールデンウィークが明けると、東北の養蜂園に電話をして、一年ぶんをいちどに送っていただく。

届く荷物は、ずっしり重たい。

大瓶は四本。それから、だれかにあげたくなるから、ちいさな瓶をいくつか。

さくらんぼ、栃、きはだ、アカシア、それぞれに甘さも香りもちがう。毎朝の大瓶は、さくらんぼと決めている。

節分が過ぎても、まだまだ寒いなあ。巣ごもりがはじまって、いろいろ身体にも変化があり、朝寝坊になった。ふとんから出たくない朝も、はちみつトーストをまぶたに浮かべれば、がばり起きあがり、いまやおまじないになっている。

暖房をつけ、ぐずぐず身じたくをして、けさも朝食のしたくのさいご、大瓶のふたをあける。

きのうまでかたかったのに、奥歯を噛まずに開けられて、ああ、やっぱり今年もおなじ。

立春大吉、ふたがゆるんだ。

びんのくちには、まだしろい結晶がある。がりがりのお楽しみも、もうすこしで終わる。

そのうち結晶も、とろりと消える。

きゅうくつに、肩に力をいれて暮らすなかでも、はちみつは暦のとおりに、春がきたことを知らせてくれる。食品棚の在庫も、あとひと瓶になっている。光が強くなって、花の季節がめぐれば、みつばちの出番。いつか養蜂園をたずねてみたいと思っていたのに、スズメバチに刺されてしまい、かなわないことになった。

虫歯、盲腸、ころんだ、ぶつけた。いままでいろんな傷みを味わった。おおきな手術のあとも、なかなかしんどかった。それでも、スズメバチにはかなわない。漫画で、けがをした瞬間に星が飛ぶ絵がある。あれが、ほんとうに起こった。目のまえが、強烈に光り、すぐさま猛烈な熱を抱えた。半世紀生きて、いちばん痛かった。思い出すのも、おそろしい。

ちいさな子どもは、はちみつを食べてはいけない。

くまのプーさんがよろこんでなめているはちみつは、どんなの。

ページをさすっては、指をしゃぶった。

あのころの憧れが、いまもどこかにあって、黄金の大瓶が届くと、うっとりとならべる。
とろりと甘い誘いも、死に至る痛みも覚えた。憧れだけでは、生きられない。

立春にはちみつの瓶澄み初むる　金町

塩なき食卓　巣ごもりの四季・夏

このあいだ、塩を切らしてしまった。

洗剤、消毒アルコール、マスク。かならず買わなくてはいけないものにぴりぴりして、うっかり買いものリストを見落とした。

ガラス瓶には、もう小さじひとつぶん、あるかどうか。とじこもっているくせに、なぜか、用事はさまざま混んでいる。つぎの買い出しは、三日後。

しょうゆ、みそ、ソース、お砂糖。ほかの調味料は、三日なくてもなんとかなる。塩だけは、ことに夏場は、そうはいかない。

減塩がすすめられても、塩分なくては生きられない。小さじひとつで、三泊四日を乗り切らねばならない。

翌朝から、さっそく悩む。目玉焼きには、かならず塩。これは、尊敬するかたのまねからはじめたことだった。頑固に、塩だけよ。せめてそのくらいは、足元に近づきたい。お会いできるときまで、続けるんだ。そんな願掛けも、とぎれてしまった。くやしい、なさけない。ひさしぶりに、しょうゆをかけたら、旅館で食べているような気がした。

一日ひとつ、トマトを洗って切って、瓶にいれて、塩。これは、マスタードとワインビネガーにした。

お昼には、パスタをゆでる。もちろん、塩はいれなかった。いつもの、じゃこと野菜のペペロンチーノを作り、ソースにして、鰹節をかけた。

焼きそば風パスタ。長く料理をしているけど、まだまだはじめてつくる料理があるものだなあ。焼きそばみたいなのに、フォークにくるくる巻きつけて食べる、なんともへんてこなランチとなった。

夜のスープは、顆粒のコンソメを多めにいれて、塩でととのえるというのを、省いた。

いつもの料理は、ひとつまみの塩が抜けただけで、よその味となる。これも発見、外食気分だよと舌をなぐさめつつ、ない知恵をしぼった。

そうして、ようやくの、外出日。

スーパーマーケットのかごをさげると、さいしょに塩をつかんだ。

このあいだまでは、沖縄の塩だった。つぎは、どこにしようか。きょうも、洗剤、アルコール、重い買いものがあるから、大きい袋は買えない。そのぶん、いろいろな土地の塩を選んでいる。

熱烈歓迎、瓶におさまったのは、島根の塩で、沖縄のものよりすこし粗めで、きゅうりやトマト、そして、目玉焼きにも、ぱらぱら散らせて、とてもいい。

過ぎれば、笑いばなしでも、三泊四日、つねに塩の不足におびえた。

ささいなものでも、欠かせば立ちいかなくなることがある。

巣ごもり暮らしで、いやというほど学んでいる。

ありがたき塩を切らして蟬の声　金町

お守り

巣ごもりの四季・秋

巣ごもり暮らしも、三年め。こわかったり、悲しかったり、さびしかったり、いろいろあるけど、なんとかしのいで、朝を迎える。

マスクやアルコールの入手に苦労することもなくなったのに、外出するときは、いのちがけの思いでいる。ちいさい子も若い人たちも、いまの世にすっかり慣れて、たのしそうに歩いている。うらやましく、たのもしく、かろやかに動けないこの手足が、なさけない。

なかでも、いちばんの困りごとは、郵便物や宅配便の段ボールに、素手でさわることができなくなった。手を洗えば、大丈夫。あたまでわかっているのに、両の手に拒絶される。

ポストをあけるのも、テープをはがすカッターを握るのも、アルコールスプレーでびしょびしょにして、使い捨ての手袋をはめて対処する。親しいかたのお手紙に、大事な書類に、こんなことをして。悲しく、申し訳ない。

ようやく開封すると、あたらしい手袋にとりかえて、部屋にいれる。まるで、指紋を残したくない犯人のように、息をつめ、そろりそろりと動く。ばかみたい。わかっているのに、やめられない。

近しいひとには、事情を打ち明け、極力メールで連絡してもらっている。到来ものをといっていただくことがあると、お気持ちだけありがたく。かたくかたく、辞退する。

りんごを送ろうか、山菜、竹の子、食べきれない。母から電話がくるたび、いらないといって、悲しませている。この親不孝が、なによりつらい。

そうするうちに、宅配便は、ほんとうに必要なものだけになった。

年にいちどのはちみつ、二か月にいちどの化粧品、三か月にいちどの、親せきの田んぼのお米。

電話をかける。五キロ入りを、この日の午前中にお願いします。このあいだ、お母さんにあったよ、元気だったよ。アサコさんの、おっとりした声をきくだけで、泣きそうになる。だんなさんのタキオさんと母はいとこで、おふたりは、ひとりでいる母をいつも気にかけてくださる。お米や野菜を届けてくださったり、庭木の手入れもお願いしている。

春には、おひなさまのときに、きれいなちらし寿司を届けてくださったと、母がとてもよろこんでいた。おふたりのご親切は、いまにはじまったことではない。父が亡くなった日も、お参りに来てくださって、いったん家にもどってから、炊きこみごはんと煮もの、漬けものを届けてくださった。

五キロ入りの段ボールをあけると、箱のすきまに、畑の野菜や漬けものを入れてくださる。そして、かならず、一筆箋の便りがある。

季節のこと、田んぼのようす、山のこと、雪のこと。玄関先で、犯人のかっこうで、なんども涙をこぼした。

去年の夏の便りには、「過ぎる」ことはよくありません。過ぎないようにしてくださいと書いてくださった。あのころは、いまよりもっと、荷物だけではなく、この世のすべてが怖かった。怖くて、触れなくて、へとへとだった。電話口の声や、やりとりのはしばしに、張りつめたものを察してくださった。

いらい、アサコさんのことばをお守りに、ほんとうに、すこしずつすこしずつ、世のなかに触れていこうと、匍匐前進している。それでも、まだまだ、荷物がこわい。お手紙が、こわい。

新米は、ただただ、うれしくありがたいものだった。そんなふうに思える日が、この素手にもどってくるのか、わからない。

それでも、息をつめ、歯をくいしばって、こわい思いを越えて、ようやく炊いた新米の香り、光は、まえとまったく変わらない。

その一膳をいただくときは、くぐりぬけた奇妙な苦労は、まるで忘れている。ただただうれしく、おいしい。その一膳が、いまの希望となっている。

新米をお守りとする都心の巣　金町

あたらしい青菜

巣ごもりの四季・冬

まえからお店で見ていたものの、買ったことはなかった。おにくやさんのお母さんが、たくさん届いたから。ひと袋わけてくださった。そうして、この冬、はじめて、ちぢみほうれん草を食べた。

いままで見てきたような、束になっていない。しかくいビニールの袋に、ぱんぱんにつまって、ぴっちり封をされている。葉っぱで茎は見えず、みどり色のちいさなクッションみたい。巣ごもり生活になって、だんだんと買いものに神経質になっているから、封をされている野菜は、とてもありがたかった。

翌日の午後、晩ごはんのしたく。

アルコールを吹きつけ除菌した封をあけたとたん、むくむくと葉っぱがもりあがってきた。その葉は厚く、茎は太くみじかい。すがたは、まっすぐではなく、ふんわりひろがっている。葉脈が深いところが、ちぢみの名の由来と思った。

おにくやさんでは、豚の肩ロースを三〇〇グラム買ってきた。大鍋にいれて、塩、こしょうだけで煮て、スープをつくる。これを、三日でたべきるのが、巣ごもり冬定食。野菜はいれず、べつの小鍋に、その日あるものをつめて、オリーブオイルで蒸し煮にする。

あたらしい、ほうれん草。どんなだろう。

つめたい水で洗って、小鍋にぎゅうぎゅうつめて、ちょっとにんにく。ふたをすると、葉っぱが押しかえしてくる。

風呂からあがり、ビールをのみつつ、パンを焼き、スープがあたたまるころ、小鍋を火にかける。

スープをもりつけ、小鍋のふたをあけて、さっきと、ぜんぜんちがう。ちぢみも、太い茎も、とろりとろん。つややかに、ほどけている。

これは、スープのうえにのせたほうが、おいしいぞ。のっけると、常夜鍋のようになったので、ゆずこしょうを添えて食べた。

いただきます。

おにくやさんのお母さーん、すごくおいしいでーす。坂道のお店にむかって、手をあわせた。あまく、やわらかく、ほのかに土の香がのこる。火をとおすだけで、うつくしいグリーンソースになってくれる。なんとも便利で、ありがたい。

ちぢみほうれん草の袋には、冬季限定、群馬県産とあった。群馬には、大好きな温泉があり、冬にも訪ねたことがある。山のほうは雪が深いし、ふもとでも、風がとてもきびしかった。冬しか育たない、ほうれん草のために、作業をなさるかたがいらっしゃる。

いらい、見つけるたびに買っては、群馬の旅を反すうしている。

つややかにちぢみほどけて冬青菜　金町

あとがき

四十路さいごの夏がきた。

若いころの半分も飲めなくなったけれど、夕方になれば、やっぱりビールがいいです。

からりと晴れたので、銭湯にいった。

さっき湯船で教わった玉ねぎの酢漬けは、血液さらさらになるというから、さっそく作らなくてはと帰ってきた。

……きざんでしばらく放っておくと、さらさらの成分が出てくるの。そこにお酢をかけて、いく日か、飴いろになるまで漬けとくの。

ことし九十になるというおばあさんは、毎日どっさり食べるとおっしゃった。

目がさめて、ちょっと書いて、体操して、食べる。そうじして、洗濯して、食べる。昼寝して、風呂につかって、のんで、食べて、笑って、寝る。それだけの連続なのに、たくさんのひとに会える。

おさけ、めしのおかげと思う。

箸もてば、いつかの夕方、いつかの乾杯。

ひとくちめのビールが、喉もとすぎる。会えなくなったひとにも会える。

ふたつの連載を中心に、まとめていただいた。「清流」「OriOri」はじめ、お世話になった編集部のみなさまに御礼申し上げます。

牧野伊三夫さんには、連載のときから絵をいただいた。たっぷりした絵筆にはげまされ、書いていた。装丁の有山達也さんと三人でへべれけにのんで、屋台になだれこんだ旅もあった。小倉の夜更け、とんこつラーメン、なつかしい。

新入社員のころからお世話になってきた波乗社、新講社に本を作っていただく日が来るとは、思ってもみなかった。

信頼するみなさんと仕事ができたことが、いちばんうれしい。

いろんな食べもののおかげできょうのからだが立つように、たくさんの方がたの手により、この本がある。

ありがとうございました。

二〇一七年　五月　　石田千

文庫版あとがき

　校正紙がとどいて、読みかえすのは、つらいかもしれない。ため息をつき、再読した。

　四十代の日々は、まぶしい。いまより、ずっとよく動き、笑う。なにより、父が、生きている。書いておいて、よかった。いま、読むことができて、よかった。

　単行本が刊行されたころと、大嵐のなかの、五十四のいま。

　父が亡くなり、アパートは建て壊しで引越した。なじみのない町に越して半年たつと、巣ごもり生活がはじまった。母に会えず、みんなと疎遠になり、ややこしい病気もみつかった。おさけは、すこししか飲めなくなった。

　近所をくるくるまわるだけの日々でも、三度の食事はつづく。三度の自炊というのも、なかなかきびしい。

大好きなひとたちに、会えない。あのお店のおいしいお料理を、食べにいけない。家族にさえ、会えない。ないないばかり。心底かなしい涙をこぼしながらも、お腹はすいてしまう。

米をとぎ、お椀をつくり、きんぴらをじゃあじゃあ。ごはんが炊けたら、祖父母と父にそなえ、どうぞお母さんを守ってください。手をあわせると、あのアパートにいたころと、かわらないこともある。安堵する。

読み終え、せわしなく夕食のしたくをしながら思いかえす。四十代に、もどりたいかしら。あのころも、それなりにしんどかった。大病も、大失恋もあった。かなしい永別もあった。淡い光にすがるように、進んでいた。

むかしのひとは、人生は苦しいものだから、どうか来世では幸せにと、神仏に祈った。いまとは、生きる前提がちがう。だからきっと、落語のように、おもしろおかしく。肩の力を抜いて生きようとした。

連載をしてくださった、「清流」「OriOri」編集部のみなさま、単行本にしてくださった新講社、波乗社のみなさまに、あらためて御礼申し上げます。

装丁の有山達也さん、画家の牧野伊三夫さんと、ふたたびお仕事ができて、うれしい。

ちくま文庫の豊島洋一郎さんは、落語好き。『踏切趣味』『屋上がえり』『ヲトメノイノリ』の単行本も、担当してくださった。

ながい大嵐が過ぎて、みなさんと一献できる日を、こころ待ちにしている。

令和四年　夏　　　　石田　千

解説　「My Favorite Things」

坂崎重盛

石田千さんの、この『箸もてば』を何度か、気ままな拾い読みをしているときに、何度も頭をよぎったのは、（近くに、こんなメニューをだしてくれる定食屋さんがあったらなぁ）という思いです。

と、ぼくが、よだれたらし気味で、こう思うのは、日々自分で料理らしい料理を作らず、コンビニの冷凍食品常習活用者であるためで、少しでも料理の心得のある人なら、『箸もてば』は、具体的で親切な、お手近、便利な料理のコツ本、となるでしょう。たとえば、

第一話の「もうそ、」と題しての一文、

庖丁をたてにいれ、そっと大鍋に沈める。

あとは、よろしくお願いします。おまじないのように無言で念じて、まっかな鷹の爪を浮かべる。

引用、ちょっと飛ばして、
こらえどころは、完全に冷めるまで待つ。寝ぼすけをたたき起こすようにせかしてはいけない。気がせいて、ぬるくなったからと洗い流したら、えぐみが残って大失敗の、がっかり。これをじつは、二度ほどした。
タイトルの「もうそ、」は、じつは孟宗筍のこと。で、
ようやくしっかり冷めると、引きあげ、着せかえのお人形のように、むかいあう。
切れめをまんなかに、獣のようにつややかな皮を、がばりと開く。
「ようこそ、こんにちは。厚いコートを脱いだ三角帽子のはだかんぼう」と、あいさつしてから、
まずは、奥さん直伝、いちばん太いところをせん切りにして焼きめし。香ばしく炒めて、山椒をふり、しょうゆをたらす。皿に盛ったところに、ひとかけ、バターをのせる。たらーりと溶けたところを、さじでからめて食べる。
くわぁー、うまそー。知り合いの男性で、無闇と筍《たけのこ》好きが何人かいるけど、この一文を読んだら、たまらないでしょうね。そそっかしいのは、旬の時期だったら八百屋さんまで走ってしまうかもしれない。上等《ジョートー》です。

話は、筍にまつわる、ご両親との思い出になる。五月の連休、「むかしから殿さまの奥座敷といわれる」「いい湯の湧くところ」で、「筍づくし」の旅館へ。

ふだんはけんかばかりでも、おいしいものをめざすときは力をあわせる。母は宿の手配を、父はふだんはいやがる車での遠出を引き受けてくれた。

ぼくは『箸もてば』を料理本のような言い方で紹介してしまったが、クッキングブックであるはずがない。著者、千さんの日常、そのときどきの季節、気候、ご本人の体調、気分、そして、これまで生きてきた大切な思い出とかが、語られる。いや、この文章からは、歌われる、と言った方がいいかもしれない。

この「もうそ」は、次のような一節で閉じられる。

父が車に乗らなくなってから、五年もすぎた。あの湯治からも、ずいぶんたっている。

『箸もてば』を読んでいると、心模様さえも映像化したドキュメンタリーというか、プライベートフィルムを観ている心もちになったりする。セミプライベート（そんな言葉あるか？）な、日記を読ませてもらっているような。

書き手の日常、生きている、ことの、かけがえのない時間の姿、かたち、こころのふるえが伝わってくる気がするから。

千さんは、ときどき思いついたように俳句を作る。俳号は、ひとり暮しのしはじめ、葛飾区の金町に住んだということで「金町」とか。最近、メキメキめざましく腕を上げている――とは思えない？　が俳句は余技、気まぐれメモ？　洗い晒しの木綿の風合いというか、黒板にハクボクのいたずらメモめく。

もとより、文章が本筋、食べもののこと、それにまつわる話、ひとつひとつが、目に浮かぶように明瞭で、しかもリズム感があり、本歌取りというか、ひそかな言葉遊びの、〝だまし絵〟的隠し味もある。

ご本人には叱られるかもしれないが、一部、ネタバラシをしてしまおう。こっちだってもとイタズラっ子だ。ただし、これはあくまでも、ぼくの推測。本文中だと、きりもないので目次から。

「すっぱい生活」は、もしかしたら一時流行の「おいしい生活」から。「三人姉妹」はチェホフの戯曲から？　「大根亭日乗」ですって。これはもちろん荷風散人の日記、「断腸亭日乗」から。この『箸もてば』だって千さんの「金町亭日乗」でもあります。「レバニラ、たそがれ」は言葉の音、リズムからすれば、どうしたって「よこはま・たそがれ」。

と、こんな、よしなしごころで目次を見ていると、「縄文ぐらし」も、本文内容とはまったく関係がないのに、ご当地ソング「大阪ぐらし」を連想してしまったりするので、もう、このへんで。ぼくが言いたかったのは、千さんの、この、食をめぐる「金町亭日乗」には、あちこちに、言葉遊び、うたごころ由来の楽しい罠が仕掛けられているということなのです。人に、おいしい思いをさせながら、この世に生を受けた人、自分の、時間の流れ、晴れたり曇ったりの雲ゆき、取りかえしのつかない変化を痛いほど感じながら、そこから生まれてくる言葉には、いたずら心の気配があるのです。一筋縄ではいかない。

「空豆紀行」でも（ほう）と思った。知らなかった空豆の旅路が語られる。書き出しは、

　水無月は、更衣のころ。

ここでの千さんは「金町少納言」。「枕草子」ならぬ「箸草子」。それはさておき、千さんも、初めて「色白の板前さん」から、空豆の長旅の話を聞く。

　出発は、春は弥生の鹿児島。そこから、長崎、熊本。そして四国の愛媛に渡り、本州は関東までのぼってくる。千葉、茨城、すこしおくれて群馬にくるこ

ろは、すっかり夏になっている。そして新潟、東北は福島と宮城、秋田、青森と北上し、終点の北海道の空豆は、八月いっぱいまで、東京の市場に出まわっているという。

まさに空豆前線北上す。千さんのお父さんは断然枝豆派ということで、千さんは空豆のゆで方も知らなかったという。

二分塩ゆで、火をとめ二分そのままにしておく。そうするとしわが寄らないと教えてくれたのは、葛飾金町のやおやさんのお兄さんだった。あおげば尊いその教えを守って、もう二十余年になっていた。

旅する空豆、を教えてくれた板前さんがいるお店、その日のテレビは音を消した野球中継。板前さんは横浜ファン。千さんは（ここだけの話）年季の入ったヤクルトファン。

……これどうぞ、おとなりの方のお福わけです。愛媛はきょうが最後で、来週からは関東のものを買います。

そこで千さん、

四国から、はるばるね。なんだか、寅さんみたいだわねえ。

ころんころんと、いつつ。

ほそい竹の箸でつまむ。来週からは、満を持しての関東勢。で、締めの一行が――

がんばれ、ヤクルト。

だものなあ。

こんなことも。「おきにいり」と題する一文。書き出しから。

朝の梅干し、ぼろぼろジーンズ、ビールジョッキに、もめんのとうふ、はしご酒と夜中のおうどん。みんな大好き、おきにいり。

これを「しょんぼりしそうになると、窓をみがいてうたう」。しかも「サウンド・オブ・ミュージックの、わたしのおきにいり。替え歌にしてうたう」――と。

こんど歌うときは、これも入れないと。おきにいりを、日ごろ見つけておくのが楽しい。季節で、ビールが熱燗になったり、おうどんを冷やし中華にして、字あまり。ジーンズもとっくりセーターになったりする。

(あ、そうか! 「おきにいり」は千さんのお気に入りと、あの「サウンド・オブ・ミュージック」の中の一曲「My Favorite Things」(私のお気に入り)のダブルミーニングだったのか)と、いまさらながら気がついた。言い訳ですが、この曲とタイトルは、新宿フーテン時代をへて大人となった身としてはジョン・コルトレーンのソプラノサックス音のほうが身近でした。「ドレミの歌」は、ペギー葉山の歌(訳詞も)で、自分は歌わなかったしなぁ。じつは、この、あまりにも有名なミュージカル「サウンド・オブ・ミュージック」観てなかった。千さんの文章に接して、遅ればせながら。

ところで、「おきにいり」の相手は、「マスタードのちいさなあきびん」なのですが、くわしくは本文にあたって下さい。ただ、最後の二行、

おじゃこのふりかけ、お茶づけ昆布、柚子の甘味噌、しわしわのプルーン。小瓶のくろいふた閉めて、みんな大好き、おきにいり。

これ、「My Favorite Things」のメロディーを知っている人なら、これも、まんま、歌詞としてうたえるのではないでしょうか。

あれこれ紹介していると、本テキストに迫る一冊分のボリュームになってしまう。もう、依頼の枚数一杯に近い。最後に、この文庫本には、四本の新たな書き下ろし作品が加えられている。コロナ禍以降の最新、箸周り報告としてよいでしょう。

その中の、「蜜ゆるむ　巣ごもりの四季・春」。

節分が過ぎても、まだまだ寒いなあ。巣ごもりがはじまって、いろいろ身体にも変化があり、朝寝坊になった。

話は、「はちみつ」好きの、蜜との密なることがら。ところが、ある日、スズメバチに刺され、「半世紀生きて、いちばん痛かった。思い出すのも、おそろしい」経験をする。

そして掉尾、

とろりと甘い誘いも、死に至る痛みも覚えた。憧れだけでは、生きられない。とし、

立春にはちみつの瓶澄み初むる　金町

の、洗い晒し、ハクボク俳句一句で締められます。

(うーむ) ぼくだったら、この句の上五を、ちょっと気どって、「春立つや」にしたかな。

いや、ほんとうに失礼！　余計なことでした。終始、妄言多謝。

本書は二〇一七年五月、新講社より刊行された。

Ⅳ「蜜ゆるむ」「塩なき食卓」「お守り」「あたらしい青菜」（巣ごもりの四季　春・夏・秋・冬）は文庫版のための書き下ろし。

ちくま文庫

箸《はし》もてば

二〇二二年八月十日　第一刷発行

著　者　石田千（いしだ・せん）
発行者　喜入冬子
発行所　株式会社　筑摩書房
東京都台東区蔵前二―五―三　〒一一一―八七五五
電話番号　〇三―五六八七―二六〇一（代表）
装幀者　安野光雅
印刷所　中央精版印刷株式会社
製本所　中央精版印刷株式会社

ISBN978-4-480-43825-6　C0195